ELLIS PETERS

Der schmale Pfad

Buch

In seinem Sommerurlaub reist Herbert Terrell, Sicherheitsbeamter des Marrion Research Institute, zum Bergsteigen in die Slowakei. Terrell möchte für einige Wochen seine anstrengende Arbeit im angesehenen Londoner Forschungsinstitut vergessen, das an der Entwicklung neuer Treibstoffe arbeitet. Doch eine besonders schöne Bergtour wird zur tödlichen Falle. Auf einem schmalen Grat an einer unübersichtlichen Biegung, wo der Fels jäh hervorspringt, scheint er den Halt verloren zu haben. Die Polizei findet ihn dreißig Meter weiter unten am Fuße des Hanges – tot. Zunächst glaubt man an einen Unfall. Bis ein Zeuge behauptet, Tossa Barber, die Stieftochter Herbert Terrells, am Tatort gesehen zu haben. Und von einem Augenblick auf den anderen ist Tossa die Hauptverdächtige in einem verwickelten Mordfall . . .

Autorin

Ellis Peters ist das Pseudonym der englischen Autorin Edith Pargeter. 1913 in Wales geboren, arbeitete sie nach ihrer Schulzeit als Apothekenhelferin, verlor aber ihr Ziel, Schriftstellerin zu werden, niemals aus den Augen. Nach dem Zweiten Weltkrieg begann sie Romane zu schreiben, außerdem übersetzte sie eine Reihe tschechischer Werke ins Englische. 1959 begann ihre Karriere als Krimiautorin, und bereits zwei Jahre später, 1961, wurde *Der Tod und die lachende Jungfrau* mit dem *Edgar-Allan-Poe-Award* ausgezeichnet. Ellis Peters starb im Oktober 1995.

Von Ellis Peters außerdem im Goldmann Verlag erschienen:

Das Rätsel der Treverra-Gruft. Roman (4208) · Der Tod und die lachende Jungfrau. Roman (4236) · Die Nacht am Wasser. Roman (5973) · Die Todestür. Roman (4279) · Der Raga vom gewaltsamen Tod. Roman (4021) · Grüne Witwe am Sonntag. Roman (4945) · Hexenflug. Roman (5950) · Mord zur Gitarre. Roman (3219)

Der Tod und die lachende Jungfrau/Hexenflug. Zwei Romane in einem Band (13186) · Das Rätsel der Treverra-Gruft / Phantom in Rot. Zwei Romane in einem Band (13193)

Ellis Peters

Der schmale Pfad

Roman

Aus dem Englischen
von Mechtild Sandberg

GOLDMANN

Die Originalausgabe erschien 1966 unter dem Titel:
»The Piper On the Mountain«

Umwelthinweis:
Alle bedruckten Materialien dieses Taschenbuches
sind chlorfrei und umweltschonend.
Das Papier enthält Recycling-Anteile.

Neuausgabe 3/99

Umschlaggestaltung: Design Team München
Umschlagfoto: Bavaria / IPL
Satz: DTP-Service Apel, Hannover
Druck: Elsnerdruck, Berlin
Krimi 5266
JE · Herstellung: Sebastian Strohmaier
Made in Germany
ISBN 3-442-05266-1

1 3 5 7 9 10 8 6 4 2

1

In seinem Sommerurlaub reiste Herbert Terrell zum Bergsteigen auf den Kontinent und stürzte in der Slowakei einen Steilhang hinunter. Auf einem schmalen Grat schien er an einer unübersichtlichen Biegung, wo der Fels jäh hervorsprang, den Halt verloren zu haben. Man fand ihn dreißig Meter weiter unten auf einem Sims am Fuß des Hangs. Er war tot.

Da Herbert Terrell nicht mehr zu helfen war, tat die einheimische Polizei das Naheliegende. Mit kühler Sachlichkeit prüfte man die Umstände, die zum Tod geführt hatten, verfaßte einen ausführlichen Bericht an die zuständigen Behörden, legte die Leiche auf Eis und harrte weiterer Instruktionen.

Auf dem Weg über diverse Dienststellen wurde die Nachricht nach England geschleust und zu gegebener Zeit den Betroffenen zur Kenntnis gebracht.

Sir Broughton Phelps, Leiter des Marrion Research Institute, erhielt die Nachricht an einem Sonntagmorgen in seiner Londoner Wohnung. Tadellos gekleidet, eben von der Kirche zurückgekehrt, saß er an seinem Schreibtisch und ackerte sich unwillig durch den Berg von Arbeit hindurch, der ihn gezwungen hatte, an einem herrlichen Wochenende in der Stadt zu bleiben, obwohl er sich viel lieber in einem Liegestuhl in seinem Garten in Berkshire gesonnt hätte. Er war jedoch ein fleißiger, gewissenhafter und zuverlässiger Beamter, der sich der Verantwortung seines Amtes wohl bewußt war und einen verpfuschten Sonntag in Kauf nahm.

Einen Moment lang, während er den Hörer des Telefons ans Ohr drückte, konzentrierte sich sein ganzes Denken auf Herbert Terrell. Er sah ihn klarer vor sich, als er ihn in Fleisch und Blut je gesehen hatte: etwa fünfundvierzig, mittelgroß, mit regelmäßigen Gesichtszügen, ein Allerweltstyp, der keinen Eindruck hinterließ; ein tüchtiger, zuverlässiger Angestellter, gründlich, brauchbar, phantasielos und uninteressant. Er sah wieder den vertrockneten, zähen Körper, das strenge Gesicht, die humorlosen Augen. Phelps sah seinen ersten Sicherheitsbeamten so klar wie nie zuvor, doch er sah ihn nur einen Moment lang. Sogleich begannen sich die Konturen zu verwischen, bis nichts übrig war von Herbert Terrell, dem Menschen, nichts, außer der freigewordenen Stelle, die es neu zu besetzen galt.

Das Marrion Research Institute hatte seine Existenz einer Stiftung des alten Marrion zu verdanken, der die Millionen, die er mit Öl verdient hatte, für die Forschung auf dem Gebiet der Dynamik und der Treibstoffentwicklung verwendet sehen wollte. Der Staat hatte aus der unbekümmerten Ausgabefreudigkeit eines überoptimistischen Direktors Kapital geschlagen und sich seinen Anteil an der gewinnversprechenden Arbeit des Instituts gesichert, indem er dem zeitweilig wackeligen finanziellen Gerüst des Unternehmens eine solide Grundlage untergeschoben, sich jedoch als Gegenleistung eine Option auf alle Erkenntnisse und Erfindungen ausbedungen hatte, die die Computer und Laboratorien des Institutes lieferten. Und diese recht unselige und umstrittene Verlobung hatte ein Jahr später zur Heirat geführt, wobei das Ministerium die Rolle des Haushaltsvorstands übernommen hatte. Die Wissenschaftler und Techniker des Instituts sahen sich plötzlich durch Erwägungen nationaler Sicherheit abgekapselt und eingeengt, wo sie doch bis zu diesem Zeitpunkt geglaubt hatten, der ganzen Menschheit zu dienen. Einige von ihnen hatten sich unterjocht gefühlt wie die Kinder einer autokratischen Familie aus der Viktorianischen Zeit. Andere hatten rebelliert. Aber nicht lange.

Herbert Terrells Stellung hatte unversehens an Bedeutung gewonnen. In einem Unternehmen, wo strengste Sicherheitsmaßnahmen von so entscheidender Wichtigkeit sind, darf der plötzliche Tod eines Menschen die Funktionsfähigkeit der Sicherheitsabteilung auf keinen Fall stören. Morgen schon mußte ein neuer Mann auf Terrells Stuhl sitzen, ein neuer Mann mit scharfem Auge das geheimste aller Geheimdossiers bewachen: das vertrauliche Personaldossier.

Er hielt es für besser, sich mit dem Minister in Verbindung zu setzen, um Vorsorge zu treffen, daß man später nicht seine Kompetenz, Berufungen vorzunehmen, anzweifeln würde. Dem Alten war es gleich, was er tat, doch er konnte unangenehm werden, wenn er das Gefühl hatte, übergangen zu werden.

Sir Broughton Phelps griff nach dem Telefon und ließ sich die Nummer des Ministers auf dem Land geben. Er wußte genau, wo er sich an einem strahlenden Sonntag im Juli aufhielt.

»Einen Augenblick noch, Liebling«, sagte er über den Schreibtisch hinweg zu seiner gutaussehenden und einflußreichen Gattin, die eben zur Tür hereinsah, um ihn zum Mittagessen zu rufen. »Ich habe noch etwas Unvorhergesehenes zu erledigen. Ich komme sofort.«

Sie schnitt eine Grimasse.

»Schlimm?«

»Nein, gar nicht«, versetzte er beschwichtigend. »Nichts Ernstes. Im Institut ist ganz plötzlich eine Stelle freigeworden, die schleunigst wieder besetzt werden muß.«

Der Privatsekretär des Ministers war ein lebensprühender junger Mann, dessen angeborene Respektlosigkeit lediglich durch sein unfehlbares Gefühl für das rechte Wort im rechten Augenblick gebremst wurde. Sir Broughton Phelps brachte er mehr Respekt entgegen als den meisten Menschen, doch selbst das wollte nicht viel besagen. Er beabsichtigte jedoch, Karriere zu machen, und beherrschte die Amtssprache. Daß Sir Broughton in der Lage war, seine Äußerungen ohne Schwierigkeiten zu dechiffrieren, spielte keine Rolle. Zu Protokoll wird gebracht, was gesagt wird, nicht was gemeint ist.

»Es tut mir sehr leid, Sir Broughton, aber der Minister hat eben das Haus verlassen, um zu seiner geistigen und körperlichen Erholung einen kleinen Spaziergang zu machen. Er hat den ganzen Morgen konzentriert gearbeitet. Handelt es sich um eine dringende Angelegenheit? Soll ich sehen, ob ich ihn finden kann? Oder kann ich ihm etwas ausrichten und ihn bitten, Sie später zurückzurufen?«

Beim Angeln, sagte sich Sir Broughton. Hat den ganzen Morgen verschlafen und kommt vor Einbruch der Dunkelheit nicht zurück.

»Ich wäre Ihnen verbunden, wenn Sie ihm Bescheid geben würden. Ich hörte eben aus Prag, daß der Sicherheitsbeamte des Instituts, der seinen Urlaub in der Tschechoslowakei verbrachte, dort einen Unfall erlitten hat. Beim Bergsteigen. Ich muß seine Stelle sofort neu besetzen. Nein, es handelt sich nicht um eine vorübergehende Maßnahme. Terrell ist tot. Es wäre mir angenehm, wenn Sie den Minister erreichen könnten. Ich persönlich würde Blagrove berufen, aber die Entscheidung überlasse ich selbstverständlich ihm.«

Der Sekretär dechiffrierte: Dem alten Knaben geht es doch sowieso nur darum, daß die Arbeit getan wird. Gehen Sie los und holen Sie mir seine Genehmigung, dann kann er weiter faulenzen.

Der Sekretär ging.

Der Minister lag der Länge nach ausgestreckt im üppigen Rasen am Fluß, die Angelrute neben sich aufgepflanzt. Er öffnete ein stahlblaues Auge, überraschend jung unter der buschigen, weißen Braue, und richtete es ungehalten auf seinen Sekretär.

»Die Hausbewohner verbitten sich jegliche Ruhestörung«, sagte er in jenem beherzten Ton, den er sich erst im Alter angewöhnt hatte, nachdem er ein Leben lang leise getreten war.

»Nein, Sir, ich verspreche Ihnen, daß Sie sich nicht von der Stelle zu rühren brauchen. Phelps ist am Apparat. Was er auf dem Herzen hat, würde ich nicht gerade ein schwerwiegendes Problem nennen, eher eine kleine Ungelegenheit. Terrell, sein erster Sicherheitsbeamter, hat ganz plötzlich das Zeitliche gesegnet.«

»Unsinn!« versetzte der Minister und klappte das Auge wieder zu. »Terrell ist irgendwo im Ausland, im Kaukasus oder so einer gottverlassenen Gegend. Beim Bergsteigen. Macht er jedes Jahr. Ich konnte nie verstehen, daß es Leute gibt, die sich für solche unintellektuellen Hobbys begeistern können. Was ist an so einem Felsbrocken schon dran? Was kommt dabei schon heraus?«

»Ein gebrochenes Genick offenbar, Sir. Diesmal scheint

er von so einem Felsbrocken heruntergestürzt zu sein. Er wurde tot aufgefunden. Nein, Sir, nicht der geringste Zweifel. Sir Broughton hat die Meldung amtlich bekommen. Er möchte die Stelle gern schnellstens wieder besetzen und erbittet Ihr Einverständnis, eine Berufung vorzunehmen.«

»Hm, ja«, murmelte der alte Mann nach kurzem Nachdenken. »Damit werden wir uns wohl oder übel befassen müssen. So, da hat er also tatsächlich ins Gras gebissen? Ich habe ja immer gesagt, daß das ein ausgesprochen dämlicher Zeitvertreib ist. Ich vermute, Phelps konnte bereits mit einem Vorschlag aufwarten?«

»Er sprach von Blagrove, Sir, Ihr Einverständnis vorausgesetzt.«

»Der Junge vom alten Roderick. Gar nicht so übel. Er hat mit Terrell zusammengearbeitet, bevor dieser befördert wurde, wenn ich mich recht erinnere. Schön, richten Sie ihm aus, ich bin einverstanden.« Er schloß wieder beide Augen und sog die Wärme der Sonne auf. Zwar kein Angelwetter, aber man konnte ja schließlich nicht alles haben. »Ach, und Nick ...« Noch einmal schlug er widerwillig das eine Auge auf.

»Sir?«

»Die Frau – oder vielmehr Witwe ... Von Terrell, meine ich. Ich glaube, sie lebten seit ungefähr einem Jahr getrennt. Wenn Phelps weiß, wo er sie erreichen kann, dann wäre es vielleicht angebracht, wenn er sie gleich vom Tod ihres Mannes in Kenntnis setzen würde.«

»Natürlich, Sir. Ich werde es ihm ausrichten.«

»Gut«, brummte der Minister und schloß diesmal mit unmißverständlicher Endgültigkeit wieder sein Auge. Für ihn war der Fall erledigt.

Chloe Terrell, geborene Bliss, verwitwete Barber, drehte an diesem Abend gegen elf Uhr den Schlüssel im Schloß ihrer Wohnung in Chelsea und hörte das Summen des Telefons. Sie zog Paul Newcombe mit sich durch die Diele und hob hastig den Hörer ab. Es war charakteristisch für sie, daß sie selbst mit dreiundvierzig Jahren immer noch nur angenehme Überraschungen erwartete. Telegramme, unerwartete Besucher zu später Stunde, Briefe in unbekannter Handschrift aus unbekannten Orten – all diese Dinge, die bei den meisten Menschen düstere Ahnungen heraufbeschwören, brachten Chloes Augen zum Leuchten und trieben sie, dem wohlmeinenden Schicksal willkommenheißend die Hand zu bieten. Und das Schicksal enttäuschte sie selten.

»Oh, Sir Broughton – wie reizend! Sie haben schon früher versucht, mich zu erreichen? Das tut mir leid. Es war ein so herrlicher Tag. Da sind wir nach Windsor hinausgefahren.«

Sie zog die Brauen hoch und zuckte die Achseln, während sie Newcombe ansah.

»Hole dir etwas zu trinken, Liebling, und mach es dir gemütlich. Für mich auch einen Drink bitte. Ich bin gleich fertig und –«

Die Stimme am anderen Ende der Leitung verlangte ihre Aufmerksamkeit, und sie nahm die schmale Hand von der Sprechmuschel.

»Nein! Das ist doch nicht Ihr Ernst! Aber nein, ausgeschlossen!«

Die leuchtend braunen Augen in dem ovalen, pikanten Koboldgesicht weiteten sich. Noch stand weder Schrecken noch Entzücken in ihnen, nur Staunen.

»Ich bin sprachlos. Ich weiß gar nicht, was ich dazu sagen soll. Oh, das ist sehr verständnisvoll und gütig von ihnen. Ja, ich glaube, ich würde wirklich gern hinfahren. Doch, ich finde, das sollte ich tun, meinen Sie nicht auch? Wo, sagten Sie, war es? Augenblick, ich möchte es mir aufschreiben.« Sie kritzelte Unleserliches auf den Rand des Telefonbuchs. »Vielen Dank, daß Sie mir Bescheid gegeben haben, Sir Broughton. Das war wirklich sehr freundlich von Ihnen. Auf Wiederhören.«

Sie legte auf und starrte Newcombe aus großen, glänzenden Augen an.

»Paul, das ist wirklich das Verrückteste, was mir vorgekommen ist. Stell dir vor: Herbert ist tot.«

Paul Newcombe verschüttete seinen Whisky. Ein paar Tropfen fielen auf die große Fotografie, die Chloe Bliss als Viola zeigte. Chloe nahm sich in Hosenrollen bezaubernd aus.

»Was sagst du da? Terrell ist tot?«

»Ja, Liebling. Er ist im Gebirge abgestürzt. In der Niederen Tatra. Das ist in der Slowakei. An einem Ort namens –« Mühsam entzifferte sie, was sie aufgeschrieben hatte – »namens Zbojská Dolina. Die Alpen waren für ihn nur noch ein alter Hut, weißt du. Er soll ein guter Bergsteiger gewesen sein, habe ich mir erzählen lassen. Aber diesmal ist er von einem Grat gestürzt. Er war tot, als man ihn fand.«

»Bist du auch ganz sicher, Liebstes? Wer hat dir das erzählt? Kannst du dich darauf verlassen, daß es stimmt?«

»Natürlich stimmt es. Das war der Leiter des Forschungsinstituts, der mich da eben angerufen hat. Der arme Herbert! Wer hätte das gedacht!«

»Tot! Unglaublich.«

»Ich weiß. Und noch etwas, Liebling. Die tschechischen Behörden sind bereit, mir sofort ein Visum zu erteilen, wenn ich hinüberfahren möchte, um selbst die nötigen Maßnahmen für die Überführung der Leiche zu treffen. Ist das nicht allerhand? Und ich war noch nie in der Tschechoslowakei. Warum also nicht? Ich meine, sie haben schließlich angefragt –«

»Chloe«, unterbrach er konsterniert, »du weißt gar nicht, was das heißt!«

»O doch. Aber *ich* bin ja an seinem Tod nicht schuld. Ich habe nichts dazu getan. Es ist geschehen, und ich kann es nicht ungeschehen machen. Soll ich vielleicht heucheln? Du mußt doch zugeben, daß das ganz gelegen kommt, wenn man ehrlich ist. Jetzt brauche ich mich wegen einer Scheidung nicht mit ihm herumzustreiten. Wir können heiraten, wann immer wir wollen. Und er hat ja auch etwas Geld gehabt, abgesehen davon, daß er versichert war. Nicht, daß ich ihm deshalb jemals etwas Böses gewünscht hätte, aber man kann doch jetzt, wo es passiert ist, ruhig zugeben, daß einen die Konsequenzen interessieren. Ich hasse Heuchelei. Geld kann man immer gebrauchen, und als Witwe kann ich mich ohne weiteres wieder verheiraten. Und ich möchte deine Frau werden – das willst du doch auch, nicht wahr?«

Newcombe stellte sein Glas ab, zog ihren Kopf an einer Strähne dichten, glatten Haars sachte nach rückwärts und küßte sie leidenschaftlich. Sie lächelte, als er sie wieder freigab.

»Also! Du fährst doch mit mir in die Tschechoslowakei?«

In zwei Wochen mußte er sowieso geschäftlich auf den Kontinent – er fertigte und vertrieb Lederwaren –, aber wenn sie ihn dabeihaben wollte, dann würde er natürlich mitfahren. Sie erreichte bei ihm immer, was sie wollte.

»Das wird doch keine Geschäftsreise, Liebling. Und ich bin ja auch dabei. Dieses Jahr ist es der letzte Schrei, in den Ländern hinter dem Eisernen Vorhang Urlaub zu machen.

Und das wenigstens können wir für Herbert tun«, fügte sie hinzu.

»Ich dachte, du haßt Heuchelei. Ja, ja, also schön, natürlich, wenn du unbedingt fahren willst ...«

»Liebling«, murmelte Chloe und umarmte ihn zärtlich. »Es wird bestimmt aufregend. Aber erst muß ich mir noch schwarze Kleidung besorgen. Schwarz steht mir gut, und in Mitteleuropa sind die Leute bestimmt sehr konventionell. Witwe und Braut zugleich! Phänomenal!«

Adrian Blagrove war am Montagmorgen noch keine drei Minuten in seinem Büro, als er zu Sir Broughton Phelps gerufen und zunächst von Herbert Terrells Ableben und sodann von der Wahrscheinlichkeit seiner Berufung in die freigewordene Stellung in Kenntnis gesetzt wurde. Beide Neuigkeiten nahm er mit dem gebührenden Maß an Bestürzung, Ernst und staunender Dankbarkeit auf, fein abgeschmeckt mit einer Bescheidenheit, die ihm beileibe nicht angeboren war. Strotzend vor Gesundheit und Energie nach einem vierzehntägigen Urlaub, fühlte er sich imstande, virtuose Leistungen zu vollbringen. Seit Jahren schon hatte er diese Stellung angestrebt. Jetzt hatte er sie und war entschlossen, sie nicht wieder herzugeben.

»Endgültig ist diese Berufung noch nicht. Es bedarf noch der amtlichen Genehmigung des Ministeriums.«

»Natürlich.«

»Wenn Sie sich aber so gut bewähren, wie ich glaube, dann wird die amtliche Bestätigung kaum ausbleiben. Sie haben mit Terrell zusammengearbeitet, Sie sind mit seiner Arbeitsweise vertraut. Es ist von höchster Wichtigkeit, daß jemand sein Amt übernehmen kann, ohne daß es zu Stockungen oder Fehlleistungen kommt. Trauen Sie sich das zu?«

»Ich glaube, Sie können sich auf mich verlassen. Ich werde mein Bestes tun.«

Er war ein schlaksiger, geschmeidiger junger Mann, nicht so hochgewachsen, wie er wirkte, mit langen Händen, langen Füßen, langem Hals und einem langen Gesicht. Er war ein Pferd aus einem guten Stall, doch gewisse Anzeichen deuteten darauf hin, daß mit der Intelligenz, die er vom Vater mitbekommen hatte, sich das Temperament einer eigenwilligen Mutter paarte.

Er war einundvierzig und immer noch Junggeselle, dies allein schon war eine diplomatische Hochleistung, insbesondere angesichts des gesellschaftlichen Lebens, das er führte, und angesichts der Tatsache, daß er, wie der Minister bemerkt hatte, der einzige Junge vom alten Roderick war.

»Dann ziehen Sie am besten gleich um. Viel Glück, Blagrove.«

»Danke, Sir.«

Mit gebührender Ergebenheit zog er sich aus dem Allerheiligsten zurück. Im langen, stillen Korridor von Gebäude eins machte er ein paar dezente Freudensprünge, doch sein Gesicht blieb verschlossen, während seine Gedanken sich ganz auf seinen neuen Posten konzentrierten.

Chloe brachte den ganzen Montag damit zu, elegante Trauerkleidung einzukaufen und dachte erst gegen Abend daran, ihre Tochter anzurufen. Während sie auf die Verbindung mit Oxford wartete, probte sie vor dem Spiegel witwenhafte Kümmernis und murmelte immer wieder: »Der arme, arme Herbert.«

Es summte und knackte in der Leitung, dann meldete sich Tossa. Ihre Stimme klang abwehrend und skeptisch wie üblich. Unerwartete Anrufe zu dieser Abendzeit konnten nur von zu Hause kommen.

»Hier Tossa Barber. Mutter?«

Woher nur hatte das Kind diese rauhe Stimme, die klang wie die eines verlegenen Chorknaben, der seinen Stimmbruch hatte? Beim Fernsehen würde sie eines Tages vielleicht Karriere machen können, niemals aber auf der Bühne. Mit diesem befangenen, unterdrückten Baritongestammel konnte man keinen Theatersaal füllen.

»Herzchen, natürlich bin ich es. Habe ich dich gestört?«

»Nein, nein gar nicht, wir überlegten gerade, welche Route wir fahren sollen. Die Jungen wollen durchfahren und praktisch überhaupt nirgends halten, weißt du. Aber es spielt ja gar keine Rolle. Wenn wir drüben in Le Touquet sind, dann können wir fahren, wie wir gerade Lust haben und jederzeit unsere Pläne ändern. Auf jeden Fall haben wir den Wagen schon, und das ist ja die Hauptsache. Es ist ein VW-Bus, gebraucht natürlich, aber sehr gut erhalten. Und du brauchst dir um uns gar keine Sorgen zu machen, wir haben ja zwei erstklassige Automechaniker mit.«

Seit Anfang des Semesters planten Tossa und ihre Kommilitonen diese Ferienreise. Sie hatten bereits den Flug über den Kanal bezahlt. Ein unvorhergesehener Ausbruch von Mutterliebe konnte jedoch noch immer die Reise ins Wasser fallen lassen. Nun, selbst wenn sie alle Pläne zunichte machen sollte – Tossa war fest entschlossen, auf keinen Fall mit ihr nach Mentone zu reisen, um für sie und ihren nächsten Ehemann die Anstandsdame zu spielen.

»Tossa, Herzchen, ich habe dir etwas zu sagen. Ich muß ins Ausland reisen, morgen schon, wenn wir die nötigen Formalitäten so rasch erledigen können. Du mußt versuchen, tapfer zu sein. Ich weiß, daß du ein tapferes Kind bist. Es ist wegen Papa –«

Ach du lieber Gott! dachte Tossa, sie reist tatsächlich

einmal wieder auf die fürsorglich-mütterliche Masche. Es ist doch ausgeschlossen, daß sie sich mit ihm versöhnt hat? Das wäre selbst für sie einmalig verrückt. Sogar als sie noch ganz hingerissen war von ihm, hat sie es niemals auf diese ›Papa-Tour‹ versucht – nie im Leben!

»... ihm ist etwas zugestoßen. Im Urlaub. Er hat einen Unfall erlitten. Er ist tot, Liebling.«

Nie im Leben, nein, nur im Todesfall. Nun, das wenigstens war verständlich. Im Tod war eine Geste angebracht, und Chloe Bliss nahm die Gelegenheit nur zu gern wahr. Tossa stand wie angewurzelt, den Hörer ans Ohr gepreßt wie eine Muschel, aus der ihr die Gesänge fremder Welten entgegenschallten. Und nach einer Weile krächzte sie mit belegter Stimme: »Ist das wirklich wahr? Er ist tot?«

»Ja, Herzchen. Er ist im Gebirge abgestürzt. Alle sind ganz reizend zu mir. Sein Vorgesetzter hat mich persönlich angerufen, um mir die traurige Nachricht mitzuteilen, und die tschechischen Behörden haben sich erboten, mir sofort ein Visum auszustellen, wenn ich hinüberfahren will, um die Überführung der Leiche selbst zu veranlassen. Und ich finde, ich sollte fahren, meinst du nicht, Kind? Ich habe jedenfalls zugesagt, und Paul erledigt alles und begleitet mich. Allein würde ich mich so schrecklich hilflos fühlen. Das verstehst du doch, nicht wahr, Kind? Lasse dir nur nicht deine Ferien davon verderben, das wäre mir gar nicht recht.«

»Nein«, antwortete Tossa mechanisch. »Das tut mir leid, Mutter. Das ist wirklich ein Schock. Wie lange wirst du denn wegbleiben?«

»Nur ein paar Tage, denke ich, vielleicht eine Woche.«

»Und es macht dir nichts aus, wenn ich trotzdem mit Chris und den Jungen losfahre? Wir fahren allerdings sowieso nicht gleich morgen, erst in zehn Tagen oder so.«

»Natürlich fährst du, Herzchen. Ich weiß, daß du bei Christine und ihrem Bruder gut aufgehoben bist. Gib nur gut auf dich acht, Kind, mehr verlange ich nicht.«

»Ach, Mutter, es tut mir wirklich so leid. Das mit Mr. Terrell – Herbert . . .«

Sie wußte einfach nicht, wie sie ihn nennen sollte. So groß war der Abstand gewesen, der sie getrennt hatte.

»Ja, Kind, das weiß ich. Aber das kann man nicht ändern, solche Dinge kommen vor. Versprich mir jetzt, daß du heute nacht gut schläfst und nicht grübelst.«

»Nein, ich werde nicht grübeln. Du weißt ja, daß wir einander nie nahegestanden haben. Es tut mir leid, daß es ausgerechnet ihm zustoßen mußte. Mutter, *wo* ist es eigentlich geschehen?«

Mit peinlicher Genauigkeit wiederholte Chloe die Namen, die auf ihrem Telefonbuch niedergekritzelt waren. Zbojská Dolina, Niedere Tatra, Slowakei.

»Ich schreibe dir eine Karte, Liebchen. Gute Nacht jetzt. Bleibe nicht zu lange auf.«

»Bestimmt nicht, Mutter. Gute Nacht. Es tut mir wirklich schrecklich leid.«

Sie war die erste und die einzige, die das zum Tod Herbert Terrells sagte und dabei aufrichtig war. Sie wußte, daß das, was sie gesagt hatte, wahr war, aber sie wußte nicht, warum. Sie hatten niemals miteinander warm werden können, sie und der Tote. Er hatte alles verkörpert, was sie nie gekannt hatte und woran sie sich nicht gewöhnen konnte. Er war pedantisch gewesen, kalt, methodisch, gründlich, kleinlich. Er hatte sie hartnäckig umworben, auf eine Art und Weise, die nur dazu geführt hatte, die Fremdheit zwischen ihnen unüberbrückbar zu vertiefen. Doch wessen Schuld war das? Ein wenig mehr Anstrengung, nein, ein wenig mehr Entgegenkommen, und sie hätte vielleicht den Kontakt zu ihm gefunden, hätte vielleicht unvermutete Quellen der Wärme in ihm entdeckt. Und jetzt war es zu spät. Jetzt war er tot. Man konnte nichts Neues an Menschen entdecken, die tot waren, und man konnte das Unrecht, das man ihnen vielleicht angetan hatte, nicht wiedergutmachen.

Ach was, es hatte keinen Sinn, hier herumzustehen und Trübsal zu blasen. Es war zu spät. Entschlossen marschierte sie in ihr Zimmer zurück, wo Freunde vergnügt um eine riesige Landkarte herumlagen, die auf dem Boden ausgebreitet war.

»Jemand Interessanter?« erkundigte sich Christine, blitzartig von einem Abstecher nach Dubrovnik zurückkehrend.

»Nein.« Es kam so kurz und abrupt heraus, daß es wie ein Schlag ins Gesicht knallte, und sie beeilte sich, die Wirkung zu mildern. »Nur meine Mutter.«

Sie wollte einfach nicht darüber sprechen, jedenfalls jetzt nicht, vielleicht niemals. Denken, ja; sprechen, nein. Doch selbst in ihren eigenen Ohren klang die Antwort entschieden grob, sogar ein wenig verletzend in ihrer Kürze. Warum war sie nur so ungewandt? Sicher, auch Chloe Bliss besaß ein unfehlbares Talent dafür, ins Fettnäpfchen zu treten, doch sie tat es immer auf unglaublich charmante und entwaffnende Art und Weise ... Ihre Tochter jedoch, so schien es, mußte unweigerlich mitten hineinpatschen und alle Anwesenden durch ihren Mangel an Grazie schockieren. Toddys Freund jedenfalls würde derart barsche Töne weder bezaubernd noch entwaffnend finden.

Sie streifte ihn mit einem raschen Seitenblick. Er hieß Dominic Felse und studierte Anglistik. Viel mehr wußte sie nicht über ihn, außer daß Toddy viel von ihm hielt. Er war im zweiten Semester, genau wie sie, und wahrscheinlich im gleichen Alter. Er war ziemlich groß, ein wenig ungelenk noch, mit ungebärdigem kastanienbraunem Haar und grünlich braunen Augen, denen nicht viel entging.

»Sie wird uns doch nicht noch die Reise verpatzen?« fragte Christine auffahrend und kniff argwöhnisch die grauen Augen zusammen.

»Nein, nein, keine Sorge. Sie hat mir ihren Segen gegeben. Ihretwegen braucht ihr euch keine Gedanken zu machen. Sie fährt selbst ins Ausland.« Tossa runzelte die Stirn und beugte sich mit betontem Interesse über die Landkarte. »Wie weit waren wir gekommen?«

»Ach, so genau brauchen wir gar nicht zu planen. Wir müssen uns nur auf jeden Fall alle Papiere besorgen, die wir eventuell brauchen werden. Dann sehen wir einfach, wie weit die Zeit reicht.« Toddy zog die langen Beine an und umschlang sie unter den Knien mit den Armen. Er war eine Stunde älter als seine Schwester, und den anderen beiden um ein gutes Jahr voraus. Es war klar – das meinte er jedenfalls –, daß er zum Führer dieser Expedition ausersehen war. »Wir haben alle gültige Pässe, und ich habe mich schon um die Versicherungskarte gekümmert. Brauchen wir sonst noch etwas?«

Tossa neigte ihren Kopf noch tiefer über die Karte. Das schwere dunkle Haar fiel nach vorn und verbarg ihr Gesicht wie ein Vorhang. Ihre Augen folgten der West-Ost-Route durch Nürnberg, zur Grenze hin, über die Grenze hinweg, durch Pilsen und Prag bis hin zum Rand der Karte, die gerade noch die Grenze zur Slowakei zeigte. Wozu eigentlich? Er hatte einen Unfall erlitten. Sie hatte keine Schuld daran. Wenn sie ihm Unrecht getan hatte, so war es jetzt nicht wiedergutzumachen.

Ach, wenn sie ihm nur eine Chance gegeben hätte! Wenn sie sich ein wenig bemüht hätte!

Mit einem Gefühl der Verwunderung und Ungläubigkeit hörte sie sich beiläufig sagen: »Es wäre doch gar nicht dumm, wenn wir uns für den Wagen ein Carnet besorgen, was meint ihr? Nur für den Fall, daß wir plötzlich einen Abstecher machen wollen? Ich meine, das ist doch drin – oder nicht?«

2

Der Mann, der die Katze aus dem Sack lassen sollte, präsentierte sich am Donnerstag morgen am Pförtnerhaus des Marrion Institute. Gerade zwei Tage, nachdem Chloe Terrell und Paul Newcombe nach Prag abgeflogen waren. Er war ein Mann, an dessen Erscheinung nichts ungewöhnlich oder auffallend war, zwischen fünfundzwanzig und fünfunddreißig, ein Mann, der das undefinierbare Kastenzeichen der Beamten trug.

Er erklärte, er wollte Sir Broughton Phelps sprechen und schien in seiner Arglosigkeit tatsächlich zu erwarten, daß man ihm auf Anhieb die Schranken öffnen würde. Er weigerte sich zu erklären, in welcher Angelegenheit er käme, betonte lediglich, daß es äußerst dringend sei. Als ihm gesagt wurde, daß ohne einen Paß vom Ministerium niemand zu Sir Broughton vorgelassen werden könnte, nahm er dies ohne mit der Wimper zu zucken zur Kenntnis. Ob man dann dem Direktor oder vielleicht dem Leiter der Sicherheitsabteilung eine kurze Mitteilung überbringen könnte, so daß die Herren Gelegenheit hätten, sich zu überlegen, ob sie ihn sprechen wollten oder nicht? Dagegen war nichts einzuwenden. Der Fremde schrieb eilig ein paar Worte auf seine Visitenkarte, steckte sie in einen Umschlag, den er verschloß, und reichte den Brief dem Pförtner.

Ein Bote trug den Brief zu Adrian Blagroves Sekretär, der ihn ungeöffnet seinem Chef aushändigte. Blagrove war also der erste, der die Karte aus dem Umschlag zog und las, was der fremde Besucher geschrieben hatte.

›Robert Bencroft Welland‹ stand auf der Karte, ›Legationssekretär in der Wirtschaftsabteilung der Britischen Botschaft, Prag I, Thunowská 14, ČSSR.‹

Und über dem Namen stand in energischer Schrift: »Terrells Unfall war kein Unfall.«

Ernsten Gesichts trat Robert Bencroft Welland ein, in seinen Zügen keine Spur von Triumph darüber, daß er die erste Schutzmauer überwunden hatte. Ohne Eile ließ er sich in dem angebotenen Sessel nieder, nahm dankend eine Zigarette an und stellte die Aktentasche auf den Teppich neben seine Füße. Als die beiden Männer allein waren, betrachteten sie einander über den Schreibtisch hinweg, der in der Woche zuvor noch Terrells Domäne gewesen war.

»Mr. Welland«, begann Blagrove trocken, »Sie stellen da eine Behauptung auf, an die bisher kein Mensch auch nur gedacht zu haben scheint. Die tschechische Polizei fand an den Umständen, die den Tod Herbert Terrells begleiteten, nichts Verdächtiges und lieferte ausführliche und korrekte Berichte, die allem Anschein nach auch unsere Behörden davon überzeugt haben, daß Terrell tatsächlich einem Unfall zum Opfer gefallen ist. Ich nehme an, daß Ihr Besuch bei mir nicht amtlich ist, sonst hätte man Sie gewiß mit einer Empfehlung versehen, die Ihnen hier Tür und Tor geöffnet hätte. Das Briefchen hätten Sie nicht erst zu schreiben brauchen.«

Er hielt die Karte mit spitzen Fingern hoch und ließ sie wieder verschwinden. »Darf ich fragen, ob Sie in Prag mit jemandem über Ihre Vermutung gesprochen haben? Mit einem Ihrer Vorgesetzten vielleicht?«

»Nein. Ich bin direkt hierher ins Marrion Institute gekommen, weil ich der Ansicht bin, daß Ihr Institut vom Tod Terrells am unmittelbarsten betroffen ist und folglich auch von den Begleitumständen seines Todes. Ich bin erst gestern hier angekommen, ich habe mir eine Woche Urlaub genommen, und mußte noch einige Erkundigungen einziehen, ehe ich Sie aufsuchen konnte.«

»Und da Sie nun hier sind«, stellte Blagrove so trocken wie zuvor fest, »haben Ihre Erkundigungen offenbar positive Ergebnisse gezeitigt. Es ist Ihnen doch klar, daß Sie der einzige sind, der nicht an einen Unfalltod Terrells glaubt?«

»Aber davon kann ich mich doch nicht beeinflussen lassen«, versetzte der junge Mann milde, mit solcher Schlichtheit, daß Blagrove sich veranlaßt sah, ihn eingehender zu mustern.

Unter dreißig wahrscheinlich, mittelgroß, schlank, gepflegt, sorgfältig gekleidet, sehr annehmbar, sehr durchschnittlich. Man brauchte ihn nur in ein Büro voller Beamten zu stecken und verlor ihn sofort aus den Augen. Nur sprang das Kinn in dem gutmütigen, ernsten Gesicht ein wenig zu stark hervor, um auf Nachgiebigkeit zu schließen, nur blickten die blauen Augen überraschend direkt und unerschrocken in das Gesicht des Gegenübers. Auf den ersten Blick sah er nicht anders aus als alle, die seinem Stand und seinem Beruf angehörten; auf den zweiten Blick jedoch wurde klar, daß die Tatsache, daß er allein stand, ihn nicht daran hindern würde, das zu tun, was er für seine Pflicht hielt.

»Vielleicht«, meinte Blagrove, »würden Sie mir erklären, warum Sie sich der amtlichen Meinung nicht anschließen können.«

»Erstens einmal, weil ich Terrell persönlich kannte und die Stelle gesehen habe, wo man ihn gefunden hat. Ich war nicht mit ihm befreundet, aber ich bin zufällig im vorigen Jahr mit ihm im Zillertal geklettert und weiß daher, was er konnte. Er war ein ganz ausgezeichneter Bergsteiger, ob er nun mit der Seilschaft ging oder allein. Die Zillertaler Alpen waren für einen Kletterer seines Kalibers das richtige. Aber die Niedere Tatra, da wo er gefunden wurde, ist ein Gelände für Spaziergänger. Keine Steilwände, keinerlei Schwierigkeiten, nichts als grasbewachsene Hänge und bewaldete Täler. Sicher, man kann dort Übungshänge finden, Felsvorsprünge, Kletterpfade, aber nichts, was einen Bergsteiger vom Format Terrells gereizt hätte. So heißt die erste Frage, die sich stellt: *Was hat er dort überhaupt getan?«*

»Ich sehe nicht ein, was einen passionierten Bergsteiger daran hindern sollte, hin und wieder einmal Urlaub zu machen, wo er zur Abwechslung nur wandert«, wandte Blagrove ein.

»Gar nichts. Nur tun Bergsteiger das nicht. Terrell hätte es bestimmt nicht getan. Wenn man einmal so weit ist wie er, dann interessiert einen eine malerische Hügellandschaft nicht mehr. Jede Erstbesteigung muß schwieriger sein als die letzte; jeder angestrebte Gipfel muß höher sein als der zuletzt bezwungene. Und wenn sich keine höheren Gipfel mehr bieten, wenn kein größerer Schwierigkeitsgrad mehr erreicht werden kann, dann sucht man sich eine neue Gegend, wo die Gipfel einem noch unbekannt sind. Aber man wird nicht plötzlich wieder zum beschaulichen Wanderer. Und außerdem, selbst wenn man plötzlich wieder am Wandern Lust finden sollte, würde man keinesfalls von einem durchaus gangbaren Grat herunterstürzen.«

»Oh, da bin ich nicht so sicher. Die Geübten und Erfahrenen versäumen es manchmal, leichtere Übungen mit der gehörigen Aufmerksamkeit anzugreifen.« Blagrove spielte leicht gereizt mit der Karte in seiner Hand. »Wenn Sie sonst keine Grundlage für Ihren Verdacht haben –«

»Oh doch, Ich habe noch weitere Gründe. Sehen Sie, Anfang dieses Jahres setzte sich Terrell mit mir in Verbindung und wollte von mir wissen, ob ich ihm ein gutes Klettergebiet in der *Hohen* Tatra empfehlen könnte. Sie kennen diesen Teil der Welt nicht? Nun, die Hohe Tatra ist das höchste Gebirge der Karpaten. Es liegt nördlich von einem breiten, weiten Tal, das von der Waag durchflossen wird. Und südlich davon befindet sich die Hügelkette der Niederen Tatra. Die Hohe Tatra hat dem passionierten Bergsteiger wirklich etwas zu bieten. Die höchsten Erhebungen sind fast dreitausend Meter hoch, über dreihundert Gipfel sind da auf einem Raum von etwa fünfundzwanzig Kilometern zusammengedrängt. Eine prachtvolle Landschaft. Ich riet ihm, sich am Strba See oder in Tatranska Lomnice einzumieten. Und das tat er auch. Er reservierte für zwei Wochen ein Zimmer am See. Was also hatte er auf der anderen Seite des Waagtales in der *Niederen* Tatra zu suchen?«

Blagrove hob die Brauen.

»Es ist wohl möglich, daß er es sich anders überlegte. Woher wollen Sie denn wissen, daß er tatsächlich an dem See ein Zimmer buchte?«

»Das will ich Ihnen sagen«, versetzte Welland gelassen. »Weil ich schon im April das Zimmer für ihn bestellte. Und ich weiß, daß er wie geplant im Hotel eingetroffen ist, weil er mir unmittelbar nach seiner Ankunft eine Karte schrieb. Und da erwähnte er nichts von einem möglichen Umzug. Im Gegenteil, er bestätigte noch einmal die Verabredung, die wir schon früher brieflich getroffen hatten. Wir hatten ausgemacht, daß ich hinkommen und ein Wochenende mit ihm zusammen klettern würde. Wir wollten den Krivan besteigen. Aber ehe das Wochenende kam, erhielten wir in der Botschaft die Nachricht, daß man ihn tot aufgefunden hatte – fünfzig Kilometer entfernt, auf der anderen Seite des Tals, in der Niederen Tatra. Am dritten Tag seines Aufenthalts war er plötzlich aus seinem Hotel am Strba See ausgezogen und hatte sich in einem kleinen Gasthaus in einem der Täler in der Niederen Tatra eingemietet. *Was* er getan hat, ist, wie Sie sehen, kein Geheimnis, aber *warum* er es getan hat.«

»Und Sie glauben«, fragte Blagrove, dessen Hände jetzt starr auf dem Schreibtisch lagen, »Sie wissen warum?«

»Nein, noch nicht. Alles, was ich zu bieten habe, sind gewisse Hinweise, die auf Gründe schließen lassen könnten. Beispielsweise muß einige Zeit nach seiner Ankunft am See sich etwas ereignet haben, was ihn veranlaßte, seine Rechnung im Hotel zu begleichen und schleunigst auf die andere Talseite zu ziehen. Keiner im Hotel konnte mir eine Erklärung für seinen fluchtartigen Aufbruch geben. Doch es muß etwas geschehen sein, was ihn veranlaßte auszuziehen. Wenn es lediglich so gewesen wäre, daß ihm etwas im Hotel nicht paßte, daß ihm der Service nicht gut genug war, daß er sich dort nicht wohl fühlte, dann hätte er sich doch wahrscheinlich einfach in einem anderen Hotel am See eingemietet oder wäre nach Prag zurückgekommen. Statt dessen ließ er sich aus unerfindlichem Grund in diesem Tal der Niederen Tatra nieder, das nicht einmal ein bekanntes Urlaubsgebiet ist.

Ganz gleich, was sich ereignet hat, es trieb ihn nicht nur vom Strba See weg, es führte ihn nach Zbojská Dolina. Und Sie können mir glauben, mit Bergsteigerei hatte das nichts zu tun. Nun, Mr. Blagrove, finden Sie das nicht interessant?«

»O doch, bis zu einem gewissen Grad schon. Und Ihren Vorgesetzten in Prag haben Sie von dem nichts erzählt?«

»Nein. Man spricht einen solchen Verdacht nicht gern aus, ehe man nicht so viele Fakten wie möglich zusammengetragen hat. Ich hatte noch Urlaub gut und nahm mir die eine Woche, um hierher zu reisen. Ganz gleich, was es war, das Terrell in die Niedere Tatra getrieben hat; mit seinem Privatleben oder mit einem Ereignis aus seiner eigenen Vergangenheit kann es nichts zu tun gehabt haben, weil er zu dem Land dort keinerlei Verbindung hatte. In diesem Jahr besuchte er die Tschechoslowakei das erstemal. Er wußte nichts über das Land, er kannte niemanden dort. Da ich jedoch wußte, auf welchem Gebiet er beruflich tätig war, dachte ich mir, daß vielleicht ein Zusammenhang mit einem Fall bestand, den er einmal bearbeitet hatte oder über den er aufgrund seiner Tätigkeit auf dem laufenden war. Ich hoffte, ich könnte mit seiner Witwe sprechen, doch sie war nicht in der Wohnung.«

»Sie ist gegenwärtig in der Slowakei«, erklärte Blagrove, »um die Überführung der Leiche zu veranlassen.«

»Ach so. Aha. Nun, da ich mit ihr nicht sprechen konnte, verbrachte ich Nachmittag und Abend im Zeitungsarchiv und suchte nach Veröffentlichungen über Fälle, die Terrell in den letzten Jahren bearbeitet hatte. Ich habe einige Freunde bei der Presse. Ich sagte ihnen natürlich nicht, worum es ging, ich wußte es ja selbst nicht. Ich ließ mir nur erzählen, woran sie sich noch erinnerten, und setzte mich dann über die alten Zeitungen. Ich war fest davon überzeugt, daß sich irgendwo etwas finden würde, was die Verbindung zwischen Terrell und der Slowakei herstellen könnte.«

Blagrove stieß zischend die Luft aus und lehnte sich dann mit gestrafften Schultern gegen die Rückenlehne seines Sessels.

»Und Sie haben etwas gefunden?«

»Ich fand«, erklärte Welland langsam und überlegt, »den immer noch offenen Fall des Charles Alder.«

Während des folgenden Schweigens starrten sie einander unverwandt an.

»Oder«, sagte Welland, »wenn Ihnen das lieber ist, der Fall des Karol Alda.«

Es war schade. Es war wirklich schade. Es wäre so viel einfacher und befriedigender gewesen, wenn man die ganze Geschichte schlicht als Unfall hätte ad acta legen können; doch es gab zwei gute Gründe dafür, jetzt gleich jeden Versuch aufzugeben, den jungen Mann davon abzubringen, daß er seine Nachforschungen fortsetzte. Erstens, er würde sich nicht davon abbringen lassen. Zweitens, es war ein zu großes Risiko, die Verantwortung dafür zu übernehmen, eine derart ernste Sache einfach im Keim zu ersticken und zu vertuschen. Sie würde an höhere Stelle weitergeleitet werden müssen, ganz gleich, wie unangenehm die Folgen sein würden.

»Ich glaube«, sagte Adrian Blagrove und schob seinen Sessel zurück, »ich glaube, es ist wirklich das beste, wenn Sie mit mir zum Direktor kommen und ihm selbst berichten.«

Sir Broughton Phelps saß vorgebeugt an seinem Schreibtisch, das spitze Kinn auf die geschlossene Faust gestützt, und ließ kaum ein Auge von seinem Besucher, während dieser seinen Bericht wiederholte.

Erst als Charles Alders Name genannt wurde, trat eine kleine Pause ein. Welland sah ein wenig bleich aus und wurde etwas nervös, als die Pause sich unerwartet in die Länge zog. Es wäre ihm lieb gewesen, wenn einer der beiden Männer etwas beigesteuert hätte, eine Spur von Anerkennung oder wenigstens Zustimmung. Doch obwohl keiner von beiden ein Wort äußerte, geriet seine Überzeugung nicht ins Wanken, ließ seine Hartnäckigkeit nicht nach.

»Ich weiß, daß Sie wesentlich besser informiert sind als ich, Sir, aber wenn Sie wünschen, daß ich alles einmal zusammenfasse, wie ich es sehe, so will ich das gern tun.«

»Bitte«, forderte ihn der Direktor auf und strich mit zwei Fingern über das silbrige Haar an seiner Schläfe. »Sie dürfen meiner ungeteilten Aufmerksamkeit gewiß sein.«

»Was ich entdeckte, war natürlich das Dossier – das heißt, jener Teil des Dossiers, der veröffentlicht wurde –, das Terrell nach Alders Verschwinden zusammengetragen hatte. Meine gesamten Informationen stammen also praktisch von Terrell selbst. Alder war ein Flüchtling, der 1940 mit seinen Eltern nach England kam. Die Familie ließ sich hier nieder. Alder war damals fünfzehn Jahre alt und bereits so eine Art Wunderkind sowohl auf dem Gebiet der Musik als auch auf dem der Mathematik. Ich glaube, daß Begabungen auf diesen beiden Gebieten häufig Hand in Hand gehen. Sein Vater war Physiker, und nachdem er eine Probezeit hier bestanden hatte, bekam er die Genehmigung, wieder in seinem Beruf zu arbeiten. Er erwies sich als wertvoll, und noch vor Ende des Krieges wurden die drei Alders eingebürgert. Der Junge hatte ebenfalls Physik studiert, zeichnete sich jedoch schon bald auf den beiden Gebieten besonders aus, die ihm von Natur aus am meisten lagen. Er machte sich einen Namen als Komponist, Musiker und Mathematiker. Vielleicht war er sogar ein Genie. Nach dem Krieg betätigte er sich unter anderem als Testpilot und regte technische Verbesserungen an Flugzeugen an. Er kam schließlich hier ans Institut. Er scheint allerdings hin und wieder Meinungsverschiedenheiten mit Regierung und Vorgesetzten gehabt zu haben. Er erhob nachdrücklich Einwendungen gegen den ausschließlich militärischen Einsatz aller jener Neuerungen, die seiner Meinung nach auch für nicht-militärische Zwecke hätten genutzt werden können. Und es paßte ihm nicht, daß Verfahrensweisen, die er entwickelt hatte, geheimgehalten wurden, wenn sie seiner Ansicht nach in unterentwickelten Ländern Vereinfachung der dortigen Methoden hätten bringen können. Er scheint ein schwieriger Kollege mit eigenwilligen Ansichten gewesen zu sein, der sich der Autorität nicht beugen wollte und nicht bereit war, sich anzupassen, wenn es gegen seine Überzeugung ging. Und er muß auf jeden Fall ein brillanter Wissenschaftler gewesen sein, denn einem Artikel im ›Manchester Guardian‹ zufolge gehörte er zum engsten Kreis der Kandidaten für die Leitung dieses Institutes, und in seinem Alter war das etwas nie Dagewesenes.« Der junge Mann richtete seine unerschrockenen Augen auf den Direktor. »Können Sie das bestätigten, Sir?«

»Ja, das kann ich«, versicherte Phelps ohne zu zögern. »Der Mann war tatsächlich ein brillanter Wissenschaftler. Er war ein Computer, der logisch und selbständig denken konnte. Aber schwierig war er auch, oh, ja. Bitte, fahren Sie fort.«

»Nach dem Tod seiner Eltern schließlich bat Alder hier um seine Entlassung. Warum, weiß ich nicht. Ich vermute, daß er das Gefühl hatte, daß das Institut seinen ursprünglichen Zielen nicht treu geblieben war, daß seine eigenen Ziele mit denen des Institutes jetzt nicht mehr vereinbar waren.

Kurz und gut, da er ein hochgeschätzter Mitarbeiter war, überredete man ihn, sich seinen Entschluß noch einmal zu überlegen, während er einige Wochen Urlaub machte. Es ist wohl anzunehmen, daß man hoffte, er würde sich umstimmen lassen und bleiben. Ganz allein reiste er nach Savoyen ab. Und er kam nie zurück. Als er zur rechten Zeit nicht zurückkehrte, gab es Gerüchte, man wurde unruhig, und Terrell wurde nach Frankreich entsandt, um seine Spur aufzunehmen. Sie endete in der Dauphiné. Automatisch vermutete man, daß er zu den Kommunisten übergelaufen war, doch man hörte nie wieder etwas von ihm. Es ist möglich, daß er im Gebirge verunglückte. Er war ja ganz allein. Doch man gelangte allgemein zu dem Schluß, daß er Verrat begangen hatte. Terrell war es, der den Fall bearbeitete und ein belastendes Dossier über all die Ungereimtheiten in Alders beruflichem Leben und seiner persönlichen Einstellung zusammentrug. Ich würde sagen, daß diese Akte es ihm unmöglich machte, jemals zurückzukehren – vorausgesetzt natürlich, daß er überhaupt je die Absicht gehabt hat, zurückzukehren.«

»Das zu vermuten haben wir keinerlei Grund«, bemerkte der Direktor kurz. »Sie haben fleißig gearbeitet, Mr. Welland. Finden Sie das alles denn nun relevant?«

»Ich finde, es wird relevant, Sir, wenn man sich daran erinnert, daß Charles Alder als Karel Alda, Sohn eines tschechischen Vaters und einer slowakischen Mutter, zur Welt kam. Besonders, wenn sich herausstellt, daß die Mutter in einem Dorf namens Liptovsky Mikulas, keine dreißig Kilometer von Zbojská Dolina entfernt, geboren wurde.«

»Wenn ich Sie recht verstehe, wollen Sie damit sagen, daß Alda sich jetzt möglicherweise in dieser Gegend aufhält, daß er in sein altes Heimatland zurückgekehrt ist?«

»Genau. Und meiner Ansicht nach haben Sie auch damit gerechnet, daß er das tun würde.«

»Das stimmt natürlich. Dennoch bleibt die Tatsache bestehen, daß wir niemals auch nur den geringsten Hinweis erhalten haben, daß er das wirklich getan hat.« Sir Broughton stand unvermittelt auf und begann, im Zimmer auf und ab zu wandern; nicht von Rastlosigkeit getrieben, sondern mit beherrschtem, energischem Schritt, wie ein Mann, der sich Bewegung verschaffen will. Die beiden jüngeren Männer folgten ihm mit aufmerksamen Blicken und warteten. »Sie glauben also, daß Terrell Alda gesehen haben könnte?«

»Es liegt auf der Hand, daß ihm etwas Unerwartetes zustieß, etwas, was ihn trieb, den Fluß zu überqueren und sich in Zbojská Dolina niederzulassen. Es ist möglich, daß dieses unvorhergesehene Ereignis mit Alda in Zusammenhang stand. Mehr will ich nicht behaupten.«

»Aber Ihre Vermutungen gehen doch wesentlich weiter. Sie glauben, daß er Alda entweder gesehen oder aber zumindest einen Hinweis darauf erhalten hat, wo dieser sich aufhält? Sie glauben, daß er diesem Hinweis nachging und kurzerhand umgebracht wurde, als er unbequem zu werden drohte. Das glauben Sie doch, nicht wahr?«

Welland wurde ein wenig bleich bei der unverblümten Frage; selbst in ihm war in Spurenelementen die Abneigung des Diplomaten vorhanden, die Dinge so präzise zu formulieren. Doch tapfer erwiderte er den forschenden Blick und sagte nachdrücklich: »Ja.«

Blagrove erhob Protest.

»Aber der Fall ist jetzt sechs Jahre alt. Er ist doch gar nicht mehr wichtig. Selbst wenn Terrell Alda unverhofft auf die Spur gekommen sein sollte, was hätte Alda das kümmern sollen? Weder Terrell noch sonst einer von uns konnte ihm dort drüben gefährlich werden. Aus welchem Grund also hätte er Terrell töten sollen?«

»Ich glaube, Sie haben nicht ganz die Bedeutung dessen verstanden, was Sir Broughton soeben sagte«, widersprach Welland energisch. »Man rechnete damit, daß er in der Tschechoslowakei auftauchen würde. Früher oder später sickert so etwas doch immer durch, nicht wahr? Doch über Alda verlautete nie auch nur ein Wort. Folglich muß es von höchster Bedeutung sein, daß sein Aufenthaltsort geheim bleibt – für ihn von Bedeutung und für die Leute, die jetzt von seiner Arbeit profitieren. Sechs Jahre erfolgreicher Geheimhaltung sprechen dafür, daß den fraglichen Leuten die Wahrung des Geheimnisses sogar einen Mord wert ist. Ich bin der Meinung, daß in der Niederen Tatra etwas vorgeht, was unter allen Umständen geheimgehalten werden muß, und daß Alda bei diesen Vorgängen eine wichtige Rolle spielt. Ich glaube ferner, daß Terrell dem Geheimnis auf die Spur kam oder daß man zumindest glaubte, er wäre ihm auf die Spur gekommen. Man konnte nicht zulassen, daß er seine Entdeckung weitermeldete.«

»Wenn daran etwas Wahres ist«, begann Phelps nach einer langen, lastenden Pause, »und ich sage damit noch lange nicht, daß tatsächlich etwas daran ist, doch *wenn* in alledem ein Körnchen Wahrheit steckt, dann steht es nicht in unserer Macht, Ermittlungen anzustellen. Wenn er wirklich in der Slowakei ist, wenn wirklich so peinlich auf Geheimhaltung geachtet wird, dann müssen wir davon ausgehen, daß die Vorgänge, von denen Sie gesprochen haben, von nationalem Belang sind. Und in einem solchen Fall müssen wir weiter davon ausgehen, daß die tschechischen Behörden, wenn auch vielleicht nicht unbedingt die einheimische Polizei, über die wahren Umstände von Terrells Tod informiert sind.«

»Davon bin ich überzeugt«, erklärte Welland heftig.

»Aber wir können nichts unternehmen, Mr. Welland«, versetzte der Direktor nüchtern. »Ich kann Sie gar nicht nachdrücklich genug darauf hinweisen, daß alles, was mit unserem Institut und unserer Arbeit hier zu tun hat, strengster Geheimhaltungspflicht unterliegt. In diesem besonderen Fall, wie in jedem anderen Fall, der uns betrifft, können wir es uns einfach nicht leisten, die Behörden eines fremden Landes, ob es sich nun um ein befreundetes Land handelt oder nicht, ins Vertrauen zu ziehen. Es geht unter keinen Umständen an, daß wir nun in aller Offenheit beginnen, Nachforschungen anzustellen.«

»Das sehe ich ein, Sir. Aber ich bin ja an Ort und Stelle. Ich verbringe häufig das Wochenende in den Bergen, man kennt mich dort. Ich kann mich frei und ungehindert bewegen, ich spreche die Sprache einigermaßen. Ich könnte der Sache nachgehen, ohne die geringste Aufmerksamkeit zu erregen.«

Er schwieg pflichtschuldig, um den beiden Männern Gelegenheit zu geben, sich zu seinem Vorschlag zu äußern; doch keiner schien etwas zu sagen zu haben. Nachdenklich blickten sie ihn mit reglosen Gesichtern an, und er empfand es als enervierend, daß er nicht die geringste Ahnung davon hatte, was in ihren Köpfen vorging.

»Ich bin fest entschlossen«, sagte er, »herauszufinden, ob Terrell ermordet wurde. Ich kann es nicht ändern. Wenn er getötet wurde, weil er etwas tat, was er für seine berufliche Pflicht hielt, dann ist es unsere Pflicht und Schuldigkeit, den Tatsachen auf den Grund zu gehen und dafür zu sorgen, daß der Gerechtigkeit Genüge getan wird. Er hat Anspruch auf Gerechtigkeit. Ganz abgesehen von der Möglichkeit, daß dort in der Slowakei etwas im Gange ist, was unsere nationalen Interessen und unsere nationale Sicherheit berührt. Wir können einen Mord nicht einfach im Versäumnisverfahren bereinigen. Das ist nicht recht.« Er brachte diese Einfältigkeit mit einem Ton der Autorität hervor, der ihr Glanz verlieh. »Es versteht sich von selbst«, fügte er würdevoll hinzu, »daß es mir wesentlich angenehmer wäre, wenn ich mit Ihrem Einverständnis handeln könnte. Ich hoffe, daß ich darauf zählen kann.«

Handeln würde er auf jeden Fall, mit oder ohne Einverständnis. Dazu verpflichtete ihn sein Gewissen.

»Mein lieber Junge!« sagte Sir Broughton und ließ sich zum erstenmal zu jenem herzlichen Lächeln herab, das seinem dienststrengen Gesicht einen Anflug von Menschlichkeit und Wärme verlieh. »Selbstverständlich haben Sie unseren Segen, doch ich möchte nicht versäumen, Ihnen auch unsere guten Ermahnungen mitzugeben. Wenn Ihre Vermutungen zutreffen, ist ein Mann bereits getötet worden. Ich bitte Sie, äußerste Vorsicht walten zu lassen. Das ist Ihre erste Pflicht. Ihre zweite Pflicht besteht darin, auf keinen Fall das Gebot der Geheimhaltung zu verletzen, dem dieses Institut unterworfen ist. Und schließlich möchte ich Ihnen noch etwas sagen, was Sie meiner Auffassung nach wissen sollten, wenn Sie sich wirklich auf diesen gefährlichen Weg begeben wollen. Es handelt sich hier um etwas, was ausschließlich diesem Institut und dem zuständigen Ministerium bekannt ist.«

Langsam kehrte er zu seinem Schreibtisch zurück und stützte die Hände auf die Platte. Einen Moment lang sah er viel älter aus, als er tatsächlich war, wie ein alter Mann, den die Last der Verantwortung gebeugt hatte.

»Als Charles Alder verschwand, da verschwanden mit ihm seine Arbeitsunterlagen. Sie enthielten Aufzeichnungen über alle Projekte, mit deren Entwicklung er zu jener Zeit befaßt war. In diesem Stadium waren sie noch so ausschließlich die Produkte seines Geistes, daß niemand die Arbeit an ihnen fortführen konnte. Weder von Skizzen noch von ersten Berechnungen existierten Kopien. Wir haben keine Ahnung, was diese Unterlagen enthielten. Doch er war damals auf dem Höhepunkt seiner geistigen Leistungskraft. Er arbeitete Tag und Nacht, zum größten Teil an Problemen der Aerodynamik. Wenn er an anderem Ort diese Forschungsarbeiten weitergeführt hat, dann ist es möglich, daß sensationelle Entwicklungen stattgefunden haben. Möglicherweise steht hier so viel auf dem Spiel, daß man auch vor Mord nicht zurückschreckt, um die Geheimhaltung zu gewährleisten. Ist Ihnen das klar?«

»Ja, Sir«, antwortete Welland erleichtert und dankbar, »das ist mir klar.«

»Und Sie sehen auch ein, daß absolutes Schweigen bewahrt werden muß? Sie dürfen keinem Menschen gegenüber auch nur ein Wort über diese Sache verlauten lassen. Sie haben doch noch niemanden ins Vertrauen gezogen? Einen Ihrer Freunde von der Presse vielleicht?«

»Ich habe keinen von ihnen ins Vertrauen gezogen, Sir.«

Er war voller Eifer und Enthusiasmus, geschmeichelt vom Vertrauen, das der Direktor in ihn setzte.

»Und auch sonst niemanden?«

Wenn Welland überhaupt zögerte, dann so kurz, daß es nicht bemerkt wurde.

»Nein, Sir. Von mir hat kein Mensch etwas erfahren.«

»Gut. Dann machen Sie sich an die Arbeit, aber geben Sie auf sich acht. Wenn Sie tatsächlich auf eine Spur von Alda stoßen sollten, dann müssen Sie uns das sofort melden. Unternehmen Sie nichts auf eigene Faust, gehen Sie keinerlei

Risiken ein. Erstatten Sie sofort Bericht und warten Sie auf Instruktionen, verstanden? Ich werde dafür sorgen, daß der Minister unterrichtet wird; außer uns darf niemand von diesem Vorhaben wissen. Ich werde mich mit der Botschaft in Prag verständigen, damit man jede Meldung von Ihnen unverzüglich per Telefon an uns übermittelt. Wir werden uns auf ein Codewort einigen, ehe Sie hier weggehen. Wenn Sie Alda aufgespürt haben, dann geben Sie es durch. Sobald wir es erhalten, wird voraussichtlich Mr. Blagrove unter irgendeinem Vorwand nach Prag reisen – um Ihnen zu helfen«, sagte er, und das herzliche Lächeln huschte flüchtig um seine Lippen, »falls Sie Hilfe brauchen sollten. Selbst Sie brauchen irgendwann einmal Hilfe, Mr. Welland. Wer weiß?«

»Ich werde sehr vorsichtig sein, Sir. Sie können sich auf mich verlassen.«

»Wir verlassen uns vollkommen auf Sie, mein Junge. Sie werden nur uns Meldung machen. Nur uns. Nicht einmal Ihrer Dienststelle in Prag. Ist das klar?«

Robert Welland hatte erreicht, was er gehofft hatte. Er fühlte sich bestätigt, ja, er fühlte sich glücklich.

Das heißt, er hätte sich glücklich gefühlt, wenn nicht ein kleiner Skrupel ihn gequält hätte.

Gleich nach der Besprechung in Sir Broughtons Büro hastete er zum nächsten U-Bahnhof und fuhr nach London zurück, in die kleine Straße in Chelsea, wo Chloe Terrell ihre Wohnung hatte. Es war natürlich nicht ganz aufrichtig von ihm gewesen, Sir Broughton nichts von dem Brief zu sagen, den er Mrs. Terrell in den Kasten geworfen hatte, nachdem er sie ausfindig gemacht hatte. Aber zum Glück wurde ja kein Schaden angerichtet, denn Mrs. Terrell war im Ausland.

Blagrove selbst hatte ihm das gesagt. Es würde also nie jemand den Brief zu lesen bekommen, den er indiskreterweise geschrieben hatte, und was er Sir Broughton gesagt hatte, war somit im Grund wirklich keine Lüge. Von ihm hatte kein Mensch etwas über diese Sache erfahren. Und es würde auch niemand etwas darüber erfahren.

Er brauchte jetzt nur den Hausmeister zu suchen, ihm erklären, daß er ein äußerst wichtiges Dokument versehentlich bei Mrs. Terrell in den Briefkasten gesteckt hatte, ohne zu wissen, daß sie verreist war, daß er dieses Dokument unbedingt wiederhaben mußte, um sie unverzüglich anderen Orts benachrichtigen zu können. Der Hausmeister würde einen Wohnungsschlüssel haben, und ihm, Welland, würde es nicht schwerfallen, sich auszuweisen. Er würde den Brief dann sofort verbrennen, und damit würde die kleine Unaufrichtigkeit, die er sich hatte zuschulden kommen lassen, ein für allemal aus der Welt geschafft sein.

Trotzdem war ihm nicht ganz wohl in seiner Haut. Lieber erst einmal zur Wohnung hinaufsehen, ehe er sich den Hausmeister vorknöpfte. Lieber sich erst vergewissern, daß die Wohnung noch immer abgeschlossen und leer war.

Plötzlich hatte er es eilig. Der Lift kam nicht. Er rannte zur Treppe. Er wußte selbst nicht, weshalb er sich so getrieben fühlte. Unmöglich, sagte er sich, daß Mrs. Terrell inzwischen zurückgekehrt war und den Brief gelesen hatte. Trotzdem begann er zwei Stufen auf einmal zu nehmen, noch ehe er das zweite Stockwerk erreicht hatte, und als er in die vierte Etage kam, schlug ihm das Herz bis zum Hals, und er war außer Atem. Er bog um die Ecke und fuhr zurück, als wäre er mit dem Kopf gegen eine Wand gerannt. Die Tür zu Chloe Terrells Wohnung stand offen. Ein schlankes, dunkelhaariges Mädchen stand inmitten eines

Berges von Päckchen und Tüten, die es achtlos niedergeworfen zu haben schien, seinen Brief geöffnet und auseinandergefaltet in der Hand.

Als sie ihn hörte, hob sie den Kopf und blickte ihn über das Blatt Papier hinweg aus großen, dunklen Augen an. Er wußte nicht, was er zu ihr sagen sollte. Er wußte nicht, was er denken sollte.

Sie konnte doch nicht Terrells Frau sein! Ausgeschlossen, sie war höchstens achtzehn oder neunzehn! Aber es gab genug Frauen, die in diesem Alter schon verheiratet waren. Woher hätte er wissen sollen, daß Terrells Frau praktisch noch ein Kind war? Bestürzt erklomm er auf bleiernen Füßen die letzten Stufen und trat zu ihr.

»Mrs. Terrell?«

Sie starrte ihn an, als hätte sie nichts gehört. Sie blickte auf den Briefbogen in ihrer Hand und dann wieder auf ihn.

»Sie sind Robert Welland? Sie haben den Brief hier hinterlassen?«

Sie hatte eine Stimme, die überraschte, eine Oktave tiefer als man erwartete, rauh und ein wenig brüchig. Sie trat einen kurzen Schritt von ihm weg und stolperte über die auf dem Boden verstreuten Pakete.

»Ja, ich bin Robert Welland. Ich wollte nicht – ich wußte nicht – Mrs. Terrell, ich muß mich entschuldigen und –«

»Ich bin nicht Mrs. Terrell«, fiel ihm das Mädchen ins Wort. »Ich hätte ihn nicht öffnen sollen, aber ich dachte, es wäre vielleicht etwas, was ich ihr nachschicken müßte. Ich bin Tossa Barber. Entschuldigen Sie, das sagt Ihnen natürlich nichts.« Sie strich sich mit der Hand zerstreut das dunkle Haar aus der Stirn. »Ich bin Mrs. Terrells Tochter. Ich bin zum Einkaufen nach London gekommen, und ich wohne immer bei meiner Mutter, wenn ich in der Stadt bin.« Merkwürdig, daß sie sich veranlaßt fühlen sollte, ihm eine Erklärung zu geben, wo doch er derjenige war, der so viel zu erklären hatte, den Brief, die Andeutungen, die der Brief enthielt, sein unvorhergesehenes und so plötzliches Auftauchen hier. Plötzlich war sie ganz ruhig, weil es zu spät war, etwas zurückzunehmen und weil es nur noch einen Weg gab – vorwärts. »Sie schreiben hier«, forderte sie ihn unumwunden, »daß mein Stiefvater ermordet wurde.«

Er wußte genau, daß er dieses Wort nicht gebraucht hatte. Ein ganzes Dutzend diplomatischer, ausweichender Entgegnungen fiel ihm ein, doch er verwarf sie alle unter dem Blick dieser großen, forschenden Augen.

»Ja«, erwiderte er hilflos, »das glaube ich.«

»Kommen Sie herein«, sagte Tossa. »Das ist wahrscheinlich das beste. Jetzt muß ich alles wissen. Das verstehen Sie doch, nicht wahr? Ich muß es wissen.«

Er konnte doch nicht ein Kind wie dieses Mädchen hier ins Vertrauen ziehen, selbst wenn er sich nicht eben erst zur Geheimhaltung verpflichtet hätte. Er konnte aber auch nicht zwischen Tür und Angel stehenbleiben, in unmittelbarer Nähe des Treppenschachts, um Ausflüchte zu machen, die im ganzen Haus mitgehört werden würden.

»Miss Barber«, sagte er, nachdem er die Tür hinter sich geschlossen hatte, »es tut mir leid, daß ich Sie wegen nichts in Aufregung versetzt habe. Nachdem ich diesen Brief für Ihre Mutter hinterlassen hatte, bot sich mir Gelegenheit, mit den Leuten zu sprechen, die über den Tod Ihres Vaters – Mr. Terrells, meine ich – am gründlichsten informiert sind. Es wäre mir lieb, wenn Sie die ganze Sache einfach vergessen würden. Es ist wahr, ich hegte einen gewissen Verdacht, doch er wird von anderen, besser informierten, nicht geteilt. Ich muß mich geirrt haben.«

»Eben sagten Sie noch: ›Ja, das glaube ich‹«, erinnerte sie ihn. »Nicht: ›Ja, das *glaubte* ich.‹« Sie glitt hastig an ihm vorbei, als er Anstalten machte, sich zurückzuziehen, und lehnte sich mit dem Rücken gegen die Tür. »Nein, das dürfen Sie nicht. Sie dürfen jetzt nicht gehen und mich einfach hier stehenlassen.«

Er sah es ein. Nicht nur, weil sie schon so viel begriffen hatte und ihm die Flucht unmöglich machen konnte, sondern weil in ihrem Gesicht verzweifelte Entschlossenheit stand. Es war zu spät. Dementis würden sie nicht überzeugen; Beschwichtigungsversuche würden ihr die Ruhe nicht wiedergeben. Er saß in der Falle.

»Miss Barber«, begann er wieder ganz ernst, »ich kam tatsächlich hierher, weil ich Informationen hatte, die mich beunruhigten. Ich wollte mit Mrs. Terrell sprechen, ehe ich weitere Schritte unternahm. Inzwischen hat man mir mit aller Eindringlichkeit vorgehalten, daß in dieser Angelegenheit strikte Geheimhaltung erstes Gebot ist, und an dieses Gebot bin ich gebunden. Es war töricht von mir, daß ich das nicht von selbst erkannt habe, und es tut mir in der Seele leid, daß meine Ungeschicklichkeit Ihnen jetzt Kummer bereitet. Ich wünschte, ich könnte es ungeschehen machen.«

»Aber das können Sie nicht«, entgegnete Tossa heftig. »Sie können es jetzt nicht einfach dabei bewenden lassen. Vielleicht hätte ich den Brief nicht lesen sollen, aber ich habe ihn gelesen, und er war mein Stiefvater, auch wenn wir einander nicht viel zu sagen hatten. Erwarten Sie denn von mir, daß ich mich jetzt mit Entschuldigungen von Ihnen abspeisen lasse und nichts tue, obwohl ich weiß, daß er ermordet worden ist?«

»Ich hoffe aufrichtig, daß Sie nichts unternehmen müssen. Das ist eine Aufgabe, die anderen zufällt.«

»Nein!« protestierte sie leidenschaftlich. »Damit können Sie mich nicht abwimmeln. Das hilft mir gar nichts.«

Er war bereits so weit, daß er wußte, er würde ihr alles erzählen. Vielleicht besaß er Menschenkenntnis, vielleicht auch nicht, auf jeden Fall schien es ihm nur *eine* sichere Garantie für absolute Geheimhaltung zu geben. Vielleicht war sie großzügig genug, ihm auf halbem Weg entgegenzukommen, wenn er sich ohne Vorbehalt in ihre Hand begab.

»Ich habe mein Wort gegeben, Miss Barber. Wenn ich Sie jetzt ins Vertrauen ziehe, dann verbürge ich mich damit auch für Sie. Mein guter Ruf liegt dann in Ihrer Hand, vielleicht sogar mein Leben.«

Sie starrte ihn aus großen Augen voller Verwunderung und Zweifel an, doch sie konnte weder in seinem Gesicht noch in seinem Ton Falschheit erkennen.

»Wollen Sie unter diesen Bedingungen immer noch hören, was ich zu sagen habe? Vergessen Sie nicht, daß ich mich dann vollkommen auf Sie verlassen muß.«

»Das können Sie«, versicherte sie. »Ich werde keiner Menschenseele etwas verraten. Das verspreche ich Ihnen. Ja, ich will alles wissen.«

»Und Ihnen ist klar, daß über diese Angelegenheit aus Gründen nationaler Sicherheit kein Wort verlauten darf?«

»Ja, das ist mir klar. Sie können sich auf mich verlassen.«

Ihr Gesicht war ernst, feierlich wie ein Kindergesicht. Er setzte sich mit ihr auf das kleine antike Sofa im Vorsaal und erzählte ihr die ganze Geschichte, verheimlichte ihr nichts, nicht einmal die Bedeutsamkeit der Arbeitsunterlagen, die Alda mitgenommen hatte, als er verschwunden war.

Nachdem er geendet hatte, lehnte sich ihr kritischer Verstand einen Moment lang gegen das auf, was sie gehört hatte.

Geheimagenten, Doppelagenten, Wissenschaftler, die auf die andere Seite überwechselten – sicher, solche Leute gab es, geldgierige Händler, die schmutzige Geheimnisse von zweifelhaftem Wert verschacherten. Aber diese Geschichte, in der Ideale und Schmutz, Patriotismus und Zivilcourage Hand in Hand gingen, diese Geschichte konnte doch nicht wahr sein. Robert Welland war ein Träumer, der aus wenigen Fakten die phantastische Theorie eines Romantikers zusammengebastelt hatte. Er würde nichts finden. Weil es nichts zu finden gab. Herbert Terrell hatte schließlich doch einen falschen Schritt getan und war in den Tod gestürzt.

Einen Moment lang betrachtete sie die Tatsache sachlich und kühl. Und dann stürzte das ganze Gerüst der Beweisführung über ihr zusammen und zermalmte ihre Zweifel, und sie glaubte ihm und war verloren. Herbert Terrell war tot, er war ermordet worden, weil er etwas getan hatte, was sein Pflichtgefühl seinem Beruf und seinem Land gegenüber von ihm verlangt hatte. Es hatte mehr in ihm gesteckt als sie ihm jemals Gelegenheit gegeben hatte zu zeigen, und gerade deshalb schuldete sie ihm jetzt Gerechtigkeit. Zu seinen Lebzeiten hatte sie ihm Gerechtigkeit versagt.

»Sie sehen also, daß alles menschenmögliche unternommen werden wird, um die Wahrheit zu finden. Und nun möchte ich Sie noch einmal bitten, absolutes Stillschweigen zu bewahren. Bitte vergessen Sie nicht, daß ich mich für Sie ebenso wie für mich selbst verbürgt habe.«

»Ich werde es nicht vergessen. Ich danke Ihnen für Ihr Vertrauen. Ich werde Sie nicht enttäuschen.«

»Und Sie werden versuchen, sich nun nicht mehr aufzuregen und alles Weitere uns zu überlassen? Es tut mir leid, daß ich Sie überhaupt in Aufregung stürzen mußte.«

»Aber nein!« versetzte sie energisch. »Es ist viel besser,

wenn man Gewißheit hat. Ich weiß, daß Sie alles menschenmögliche tun werden. Ich danke Ihnen.«

Doch seine Verpflichtung war nicht persönlicher Art wie die ihre; ihn quälte nicht das Schuldgefühl, das sie belastete. Wie konnte er erwarten, daß sie jetzt die Hände in den Schoß legen und es ihm überlassen würde, sie vom Druck ihres Schuldbewußtseins zu befreien?

Das erste, was sie heraussuchte, nachdem er gegangen war, war die große Karte von Mitteleuropa, die sie eben erst bei Hatchard gekauft hatte.

»Tschechische Visa«, stellte Toddy nachdenklich fest, »kosten Geld.« Er kauerte sich auf die Fersen, und seine Augen folgten den lockenden Straßen, die in östlicher Richtung über die Karte verliefen. »Damit will ich nicht sagen, daß das keine tolle Reise wäre. Aber so etwas kostet einen Haufen Geld.«

»Da hast du schon recht, aber überlege doch einmal, wie billig wir dort beim gegenwärtigen Wechselkurs für Touristen leben können. Deutschland und Frankreich könnten wir in zwei, drei Tagen durchfahren. In Frankreich ist das Essen sündhaft teuer, wenn man nicht gerade jeden Tag Picknick macht, und wer hat dazu schon Lust? Ich wette, daß wir einen Haufen Geld sparen können, wenn wir möglichst schnell durchfahren, und die Tschechoslowakei wäre doch tausendmal interessanter.«

»Ich habe ja schon immer gewußt, daß du gern gefährlich lebst.« Christine schwang die Beine vom Tischrand. »Ganz abgesehen von Gefängniszellen und Geheimpolizei und all dem Mumpitz – vorausgesetzt, es ist wirklich Mumpitz, wir könnten uns ja auch irren –, wer übernimmt das Reden?«

»Wir kommen mit Englisch bestimmt durch. Die Tschechen seien sehr sprachbegabt, ließ ich mir erzählen. Und wenn wir mit Englisch hängenbleiben, dann kommen wir auf jeden Fall mit Toddys Deutsch weiter.« Tossa zog sich ein wenig zurück, um sie mit diesem neuen Einfall alleinzulassen und ihnen Gelegenheit zu geben, ihn sich zu eigen zu machen. »Ich mache jedenfalls alles mit, das wißt ihr. Aber ich bin gern bereit zu schreiben, damit man uns die Anträge für die Visa schickt. Es dauert angeblich nur ein paar Tage. Jetzt koche ich erst einmal Kaffee«, sagte Tossa und verschwand.

»Ist ja eigentlich wirklich schade, wenn wir das Carnet nicht benützen, da wir es schon einmal haben«, meinte Christine gedankenvoll.

»Am schnellsten geht es über Brüssel und Aachen zur Autobahn und von da direkt über Würzburg und Nürnberg zur Grenze«, meldete Toddy, der sich stirnrunzelnd über die große Karte beugte.

Dominic, der die Straßenverbindung auf dem Kontinent nicht kannte, saß schweigend dabei, während die Geschwister die günstigste Route austüftelten. Dabei war er auch der einzige, dem der Ausdruck auf Tossas Gesicht nicht entging, als sie das Zimmer mit dem Kaffeetablett in Händen wieder betrat. Er sah das kurze, erregte Aufblitzen in ihren Augen, das flüchtige, befriedigte Lächeln, als sie die Diskussion der Zwillinge hörte.

Tossa hatte erreicht, was sie wollte.

3

Am ersten Tag fuhren sie bis Siegburg. Das Rasthaus an der Autobahn war bis auf das letzte Bett belegt. Gemächlich rollten sie den Hügel hinunter in die Stadt am Fuß der Michaelburg. Sie fanden ein kleines Hotel etwas abseits von der Hauptstraße. Toddy parkte den Bus mit viel Umsicht in einer Ecke des engen Hofs und freute sich darauf, Dominic am folgenden Morgen zusehen zu können, wie er den Wagen wieder zur Straße hinausmanövrierte.

Sie schlenderten in der Abenddämmerung durch die belebten Straßen des Städtchens und stiegen zur Burg hinauf.

Und aus heiterem Himmel überraschte Tossa sie mit ihrem nächsten Schachzug.

»Wäre es nicht prima, wenn wir gleich bis in die Slowakei fahren würden?« fragte sie unvermittelt, als sie den Hang hinuntertrotteten. »Wenigstens bis zur Tatra. Wir können doch nicht heimkommen, ohne die Berge gesehen zu haben.«

»Wenn die Zeit reicht«, stimmte Toddy friedfertig zu. »Aber erst müssen wir Prag gesehen haben.«

Die Zwillinge kannten Tossa schon seit Jahren. Vielleicht horchten sie deshalb nicht auf. Sie kannten sie so gut, daß sie ihr gar nicht mehr genug Aufmerksamkeit schenkten, um ihre Motive in Frage zu stellen. Dominic jedoch war ihrer Persönlichkeit gegenüber noch nicht abgestumpft. Er ging neben ihr, und er spürte eine unerklärliche Spannung, die in ihr zu knistern schien.

In diesem Moment begriff er, ohne konkrete Gründe für diese plötzliche Erkenntnis zu haben, daß sie mit aller Vorsicht und Geduld die kleine Expedition einem Ziel zusteuerte, das nur sie kannte. War nicht sie es gewesen, die vorgeschlagen hatte, ein Carnet für den Wagen zu besorgen? War nicht sie es gewesen, die daran gedacht hatte, tschechische Visa zu beantragen? Und jetzt machte sie, wenn er recht hatte, ihren nächsten Zug, drängte sie, nach Osten zu reisen, in die Tatra. Und wenn er recht hatte, dann würde sie erst dann lockerlassen, wenn sie ihren Kopf durchgesetzt hatte.

»Warum brausen wir nicht einfach auf der Hinfahrt gleich durch«, meinte Tossa in munterem Ton, »und sehen uns zuerst die Berge an. Dann können wir uns auf der Rückfahrt Zeit lassen, um Prag zu besichtigen. Mir war bis jetzt jedesmal die Zeit für Abstecher zu knapp, nur weil sich irgendein begeisterter Anhänger der gotischen Baukunst nicht von dieser oder jener Kathedrale trennen konnte. Ich finde, man sollte zuerst die abgelegenen Winkel erforschen. Zurück müssen wir auf jeden Fall, aber ob wir hinkommen, wenn wir nicht gleich durchfahren, ist die Frage.«

»Toddy!«

»Ja?« murmelte Toddy verschlafen. »Was ist denn?«

»Du hast mir doch erzählt, daß Tossas Stiefvater irgendwo im Gebirge abgestürzt ist . . .«

»Hm, ja. Und?«

»Hatte sie ihn eigentlich gern?«

Verächtliches Gelächter aus dem anderen Bett.

»Von wegen. Sie konnte ihn nicht ausstehen. Er war so unheimlich korrekt, daß sie ihn am liebsten aus dem Anzug gehoben hätte. Tossa ist seinetwegen von zu Hause weg. Warum, was ist denn mit ihm?«

»Ach, nichts. Ich dachte nur, sein Tod beschäftigte sie vielleicht.«

»Unsinn! Der hat schon vor seinem Tod für sie überhaupt

nicht existiert. Du, sag einmal, Dom, gefällt dir Tossa eigentlich?«

»Ganz gut«, erwiderte Dominic zurückhaltend. »Sie ist manchmal ein bißchen widerborstig. Wo ist der alte Knabe eigentlich abgestürzt?«

»Ach, irgendwo im Ausland. Österreich oder Schweiz oder so was. Ich weiß es nicht genau. Spielt doch gar keine Rolle.«

»Nein, wahrscheinlich nicht. Tot ist tot. Gute Nacht.«

In der folgenden Nacht kampierten sie kurz vor der tschechischen Grenze in der hügeligen Landschaft der Oberpfalz. Und am Morgen passierten sie die Grenze.

»Wir sind da!« stellte Christine aufseufzend fest, als sie nach etwa einer Stunde Wartezeit von den Grenzbeamten in Gnaden entlassen wurden.

»Kein Eiserner Vorhang, nichts«, stellte Toddy fest, überrascht, daß alles so reibungslos geklappt hatte. »Trotzdem kommt es mir vor, als hätten wir die Schallgrenze durchstoßen.«

Voll aufgeregter Erwartungen stiegen sie wieder in den Wagen. Dominic ließ den Motor an, sie begannen die Fahrt in die Tschechoslowakei. Aus der Mulde, in der sich die Grenzschranken befanden, kletterte der kleine Bus einen von silbern glänzenden Birken bestandenen Hang hinauf. In der Ferne ragte wuchtig die Ruine eines alten Schlosses auf bewaldetem Hügel auf.

Plötzlich erhob sich aus dem Graben neben der Straße die Gestalt eines Mannes, blieb am Straßenrand stehen und winkte energisch. Ein junges, rundes Gesicht unter sonnengebleichtem blonden Haar strahlte ihnen vertrauensvoll entgegen. Der junge Mann schien nicht den geringsten Zweifel daran zu haben, daß er mit offenen Armen aufgenommen werden würde. Über der einen Schulter hing ein kleiner Rucksack, in der Hand hielt er ein großes Butterbrot. Dominic bremste, und er rannte hinter dem Wagen her.

»Hallo!« sagte Dominic, nachdem er das Fenster heruntergekurbelt hatte.

»Guten Morgen«, erwiderte der junge Mann in fließendem Englisch. »Bitte entschuldigen Sie, daß ich Sie angehalten habe, aber wenn Sie nach Prag fahren, dann können Sie mich vielleicht mitnehmen. Wenn Sie noch Platz haben.« Er wußte, daß sie Platz hatten, er hatte den Innenraum ihres Wagens mit einem schnellen Blick aus blauen Augen ausgemessen. »Ich kann Ihnen vielleicht behilflich sein, wenn Sie die Straße nicht kennen. Um mir die Fahrt zu verdienen, werde ich mich als Fremdenführer betätigen, wenn Ihnen das recht ist.«

Toddy war es nicht nur recht, er war heilfroh; so gern er selbst am Steuer saß, so ungern spielte er den Navigator. Er warf einen Blick hinter sich auf die freie Straße und war mit einem Satz aus dem Wagen.

»Bitte Platz zu nehmen. Warten Sie, geben Sie mir Ihren Rucksack. Ich lege ihn hinten zu unserem Zeug, und Sie setzen sich gleich hier hin.«

»Wollen Sie mich wirklich mitnehmen? Es stört die Damen nicht, wenn ich mitfahre? Ich möchte Ihnen nicht zur Last fallen, wissen Sie, und manche Leute haben für Anhalter nichts übrig.«

Sie versicherten ihm, daß seine Art zu reisen auch in England üblich sei und daß sie nichts gegen Anhalter hatten, daß sie selbst hin und wieder schon per Anhalter gefahren waren.

»Sind Sie auch Studenten?« erkundigte sich der junge Mann, nachdem er sich auf dem Beifahrersitz niedergelassen und Dominic den Wagen wieder in Gang gesetzt hatte. »Ich heiße Miroslav Zachar. Meine Freunde nennen mich Mirek, das kann man sich leichter merken. Ich studiere Philosophie.«

Sie erzählten ihm, wer sie waren, was sie studierten, und er sprudelte eine Frage nach der anderen hervor, so offen und natürlich, daß man ihm seine Neugier gar nicht übelnehmen konnte. Sie waren auch auf Ferienreise, genau wie er? Besuchten sie die Tschechoslowakei zum erstenmal? Hatten sie in Prag schon eine Unterkunft? Wohin wollten sie sonst noch? Er überschüttete sie mit Vorschlägen. Schlösser, Seen, Städte – er kannte sie alle.

»Sie trampen wohl viel«, meinte Christine. »Sie kennen anscheinend das ganze Land wie Ihre Westentasche.«

»O ja. Ich gehe in den Ferien immer auf Wanderschaft. Manchmal mit Freunden, manchmal allein. Günstiger ist es allein. Da nimmt einen eher jemand mit.«

»Sie leben in Prag?«

»Nein, aber ich habe dort einen Onkel und eine Tante. Bei denen kann ich übernachten. Und morgen kann ich dann einen anderen Wagen anhalten, der in meine Richtung fährt, nach Osten«, meinte er vergnügt. »Denn Sie bleiben doch wohl in Prag?«

»Vielleicht nur für ein oder zwei Nächte«, sagte Tossa unvermittelt.

Miroslav Zachar drehte sich um und musterte das dunkelhaarige Mädchen. Sein gutmütiges Mondgesicht strahlte sie beifällig an.

»So bald wollen Sie schon weiterfahren? Wohin denn?«

»In die Slowakei«, erwiderte sie ganz selbstverständlich, ohne einen der anderen um Zustimmung zu bitten.

»Wirklich? Vielleicht nach Preßburg?«

»Nein«, antwortete sie mit der gleichen Entschiedenheit. Und wenn jetzt niemand protestierte, dann waren die Würfel gefallen. Niemand protestierte. »Nein, wir wollen in die Tatra. Wir können auf der Rückfahrt noch ein paar Tage in Prag bleiben. Wollen Sie auch in die Richtung? Sie sagten eben, Sie wollten nach Osten. Wo sind Sie denn zu Hause?«

»Ich bin in Liptovsky Mikulas zu Hause«, versetzte Mirek erfreut. »Das ist ganz in der Nähe der Tatra. Wenn Sie wirklich so weit fahren wollen und wenn Sie einen Führer benötigen, dann können Sie sich auf mich verlassen. Haben Sie schon eine Unterkunft in Prag? – Nein? Die kann ich besorgen. Durch den Studentenbund, wissen Sie. Und ich zeige Ihnen die Stadt. Ich kenne sie durch und durch. Wie lange wollen Sie bleiben? Eine Nacht? Zwei Nächte? Ich stelle ein Programm für Sie auf. Und dann nehmen Sie mich mit in die Slowakei, ja? Ich werde mir die Fahrt schon verdienen, das werden Sie sehen.«

Nur der Himmel selbst konnte ihnen den jungen Mann geschickt haben. Die anderen hätten vielleicht unter anderen Umständen Einspruch dagegen erhoben, Prag so schnell wieder zu verlassen, aber da sich plötzlich ein so sachkundiger Führer gefunden hatte, schien es am besten, Tossas Vorschlag anzunehmen und durchzufahren. Dann könnten Sie so lange wie möglich in der Tatra bleiben und die Rückfahrt ohne Führer auf einer Route antreten, die sie schon einmal gefahren waren.

»Abgemacht«, sagte Tossa begeistert. »Eine Nacht in Prag, wenn Sie wirklich alles für uns –«

»Zwei Nächte«, protestierte Christine.

»Eine! Wir kommen ja wieder zurück, dann kennen wir uns schon ein wenig aus und werden uns viel leichter zurechtfinden. Und dann fahren wir weiter in die Tatra. Mirek,

Sie müssen die Gegend ja wie Ihre Westentasche kennen, wenn Sie dort zu Hause sind. Kennen Sie zufällig auch einen Ort – er ist nicht in der Hohen Tatra, sondern in der Niederen – namens Zbojská Dolina?«

»Höre sich einer das an!« rief Toddy beeindruckt. »Das Mädel hat die Karte aber wirklich studiert.«

»Sie haben eine so gute Karte?« Mirek war erstaunt und voller Hochachtung. »Es ist nur ein ganz kleines Tal. Auf der Karte, die ich kenne, ist es gar nicht eingezeichnet. Wir haben nicht so große Wanderkarten wie Sie.«

»Nein«, versetzte Tossa ganz lässig, »auf unserer Karte ist es auch nicht eingezeichnet. Aber ich habe eine Bekannte, die einmal dort war, und sie sagte, es wäre idyllisch gewesen. Ich wollte schon immer einmal dort hin.«

Gänse, die im Stechschritt die staubige Landstraße im kleinen Dorf Bor entlangmarschierten, stoben mit entrüstetem Geschnatter auseinander, als der Bus sich näherte. Das kleine, verwahrloste Schloß träumte friedlich unter den Bäumen zu ihrer Rechten, als sie durch die verlassene Straße fuhren.

»He!« rief Dominic. »Rechts oder links hier an der Weggabelung? Ich kann nirgends einen Wegweiser sehen.«

Kinder hüpften auf der Straße fröhlich auf und ab, lächelten und winkten ihnen eifrig nach.

»Links«, sagte Mirek, der sich wieder an seine Pflicht erinnerte.

»Diese Freundin von mir«, fuhr Tossa hinter Dominics Rücken in trügerisch beiläufigem Ton fort, »wohnte damals in einem kleinen Gasthaus in Zbojská Dolina. Es hieß Riavka Hütte. Kennen Sie es?«

»Ja, natürlich«, rief Mirek.

»Meine Freundin sagte, es wäre eine herrliche Gegend

zum Wandern. Wir wandern gern. Glauben Sie, daß wir in dieser Riavka Hütte Zimmer bekommen könnten? Glauben Sie, daß der Studentenbund sie uns besorgen könnte?«

Sie krochen eine lange Steigung hinauf zu dem kleinen Ort Stribro.

»Das heißt Silber«, erklärte Mirek, als sie durch gewundene Gassen zum Dorfplatz gelangten. »Hier waren früher Silberbergwerke.«

Ohne sich umzudrehen, sagte er zu Tossa: »Ja, das läßt sich arrangieren. Ich werde es erledigen.«

Und nicht einer von ihnen hatte danach gefragt, woher sie plötzlich diese gründliche Kenntnis der Gegend hatte, die sie besuchen wollten; nicht einer hatte sich darüber gewundert, und jetzt war es zu spät, sich zu wundern. Jetzt hatte sie das Heft fest in der Hand. Sie näherten sich dem Ziel, das Tossa aus eigenen, unerforschlichen Gründen ansteuerte.

Mirek zeigte ihnen Prag. Er zeigte ihnen das Einkaufsviertel um den Wenzelplatz; er zeigte ihnen den Hradschin, diese imposante Residenz der tschechischen Könige, die hoch über dem Fluß lag, umfriedet von mächtigen Festungsmauern; er zeigte ihnen das Mozart-Museum in dem zauberhaften, stillen Park außerhalb der Stadt; er zeigte ihnen das kleine Kloster von Loretto, in dem längst keine Mönche mehr lebten. Und spät am Abend führte er sie in ein gemütliches Restaurant und danach in zwei winzige Nachtlokale.

Am folgenden Tag brachen sie zeitig zur Fahrt nach Osten auf.

In der ersten Nacht kampierten sie in den Hügeln von Javornik und fuhren am nächsten Morgen hinunter in das Städtchen Zilina.

»Wir können hier ein zweites Frühstück machen«, schlug Mirek vor. »Heute haben wir es nicht eilig, und die Strecke, die vor uns liegt, ist prachtvoll. Da werden Sie bestimmt anhalten und Aufnahmen machen wollen.«

Sie meinten zustimmend, daß eine Tasse Kaffee wie gerufen käme. Toddy lenkte den Weg auf den Parkplatz eines Hotels in der Stadtmitte.

»Sieh mal! Ein MG!« Christine wies erfreut auf das Fahrzeug aus der Heimat. »Kein GB. Diplomatische Kennzeichen. Da muß jemand von der Botschaft hier sein.«

»Dummkopf«, sagte Toddy nachsichtig. »Der Eigentümer braucht doch kein Engländer zu sein. Wahrscheinlich stammt er aus der Vereinigten Arabischen Republik oder so.«

»Auf dem Rücksitz liegt jedenfalls ein Koffer.« Christine hatte bereits die tschechische Gewohnheit übernommen, neugierig um ausländische Fahrzeuge herumzugehen und sie ohne eine Spur von Verlegenheit mit aller Gründlichkeit zu mustern. »Er wohnt also nicht hier, sondern macht auch nur Pause wie wir. Wahrscheinlich hat er den Kaffee gerochen. Wetten, daß ich ihn auf Anhieb erkennen kann, wenn wir hineingehen?«

»Wenn man den Code weiß, kann man an den Buchstaben erkennen, welcher Botschaft der Wagen angehört«, bemerkte Tossa. »Wissen Sie es, Mirek?«

»Es ist jemand von der britischen Botschaft«, erklärte Mirek.

Tossas oliv getöntes Gesicht blieb reglos. Sie warf noch einen letzten Blick auf den MG, dann drehte sie sich um.

»Los, kommt«, rief sie ungeduldig. »Ich habe einen unheimlichen Kaffeedurst.«

Sie eilte voraus durch das kahle, schattige Foyer, drückte

die Tür zum Gastzimmer mit der Schulter auf und marschierte zielbewußt auf einen freien Tisch am Fenster zu.

»Lauter Tschechen«, konstatierte Christine selbstsicher und sah sich interessiert um, während sie sich an dem großen Tisch mit der Marmorplatte niederließ, an dem sich bequem ein halbes Dutzend Gäste hätte breitmachen können.

Ein Kellner mit weißer Schürze nahm ihre Bestellung entgegen. Das Sprechen überließen sie Mirek. Die einzige Beschwerde, die sie gegen ihn vorzubringen hatten, war, daß er es ihnen zu leicht machte. Doch lange würde es nicht mehr dauern, da würden sie sich selbst überlassen sein.

»Ich habe ihn«, verkündete Christine mit Befriedigung. »Seht euch noch nicht um, er sieht jetzt zu uns herüber. In der Ecke links, gleich bei dem Spiegel. Moment. Wartet noch. Ich sage euch, wenn ihr gucken könnt. Aber das ist er todsicher! Das kann nur ein Engländer sein. Mirek, sagen Sie einmal, fallen wir auch gleich so auf? Schrecklich!«

»Mann, ich bekomme schon einen steifen Hals. Kann ich immer noch nicht schauen?«

»Noch nicht. Ich sage es euch schon. Jetzt! Schnell! Er spricht gerade mit dem Kellner.«

Sie hatte recht. Der Mann konnte nur Engländer sein. Er war noch verhältnismäßig jung, etwa dreißig, zu einem Ausflug aufs Land gekleidet, doch auf so korrekte Weise, daß er, wie Toddy bemerkte, wie ein »Salonwanderer« wirkte. Der Schnitt seines Sportsakkos verriet ihn ebenso wie der Schal aus Krawattenseide, der im offenen Kragen seines Hemdes geknotet war. Selbst die Art und Weise, wie er seinen Kaffee trank, war unverwechselbar englisch.

»Er scheint ganz allein zu sein«, bemerkte Christine. »Sollen wir ihn zu uns an den Tisch holen? Das wäre bestimmt einfach. Er macht Tossa sowieso schon schöne Augen.«

Tossa drehte sich um und maß den fremden Gast mit einem langen, abschätzenden Blick. Kein Muskel in ihrem glatten, ovalen Gesicht zuckte.

»Nicht mein Fall«, erklärte sie nach einer erbarmungslosen Musterung und wandte sich wieder ihrem Kaffee zu. »Außerdem will er wahrscheinlich sowieso in die andere Richtung. Nach Prag.«

Christine kniff einen Moment die Augen zu, um die Tage zu zählen, die seit ihrer Abfahrt von England vergangen waren.

»Montag! Ja, so wird es wohl sein. Zurück in die Tretmühle nach einem Wochenende in den Bergen. Aber nach dem, wie sein Wagen geparkt war, hätte ich gedacht, daß er in unserer Richtung fährt.«

Genau das gleiche hatte Dominic gedacht, und er dachte es noch immer. Zum erstenmal war ihm der Gedanke durch den Kopf geschossen, als Tossas Augen jenen des jungen Engländers begegnet waren, ihn kühl und ohne ein Aufblitzen des Erkennens gemustert hatten und weitergewandert waren, ehe man die Musterung als dreist und unverfroren hätte bezeichnen können. Der junge Mann nämlich hatte nicht so viel Gewandtheit bewiesen. Flüchtig hatte sich in seinen Augen ein Funke entzündet, hatte sich der Schimmer des Erkennens in ihnen gespiegelt, während gleichzeitig ganz plötzlich seine Aufmerksamkeit wachzuwerden schien. Doch einen Moment später schon war sein Gesicht verwandelt, das eines Fremden, der mit Interesse und Wohlgefallen ein hübsches junges Mädchen betrachtet, das er nie in seinem Leben gesehen hat.

Dominic war sicher, daß er Tossa kannte. Warum aber

glaubte er, das verbergen zu müssen? Weil Tossa nicht wissen durfte, daß er sie kannte? Oder weil er aus ihrem kühlen, unpersönlichen Blick verstanden hatte, daß sie nicht erkannt werden wollte? Wenn das letztere zutraf, dann teilte er mit Tossa das Geheimnis, das sie hierher in die Slowakei geführt hatte; und doch schien es, als gingen er und Tossa getrennte Wege, denn es war offensichtlich gewesen, daß die Begegnung mit Tossa ihn überrascht hatte.

Dominic trank seinen Kaffee und lauschte dem Geplauder der anderen nur mit halbem Ohr. Immer weniger gefiel ihm diese Geheimniskrämerei. Tossa führte etwas im Schilde, das stand fest. Aber was? Er konnte sie nicht fragen, er konnte ihr nicht seine Hilfe anbieten. Ihm blieb nichts anderes übrig, als abzuwarten und die Augen offenzuhalten.

Als sie gezahlt hatten, marschierte Tossa hinaus, ohne auch nur einen Blick auf den Fremden in der Ecke zu werfen; doch Dominic, der sich an der Tür noch einmal umdrehte, sah, daß der Kellner sich eben einen Weg zum Tisch des Engländers bahnte.

Im Foyer blieb Tossa stehen und kramte in ihrer Handtasche nach Puder und Kamm.

»Geht inzwischen voraus. Ich komme gleich nach.«

Sie schlenderte mit suchendem Blick davon, während die anderen ohne sie ihren Weg hinaus in den strahlenden Sonnenschein fortsetzten.

Dominic ließ die anderen beiden vorausgehen und blieb vor der Tür stehen. Die breite Glastür stand weit offen, und die Düsterkeit der Wand dahinter bewirkte, daß sie zu einem ziemlich klaren Spiegel wurde. Ganz deutlich konnte er in diesem Spiegel einen Teil des Foyers mit der Tür zum Gastzimmer sehen, die eben hinter einem Kellner mit einem

Tablett voller Biergläser zufiel. Einen Augenblick später wurde die Tür wieder aufgemacht und der junge Engländer trat heraus. Hastig blickte er sich um und trat dann vor das Anschlagbrett, um die Kinoplakate zu studieren.

Das Klappern von Tossas Sandalen klang durch die Korridore im Hintergrund, und dann tauchte das Mädchen auf, ein bleicher Schatten zuerst im Glas, der schnell näher kam und deutlich Gestalt annahm. Tossa eilte ohne einen Blick an dem jungen Mann vorüber, allem Anschein nach ganz damit beschäftigt, ihre Puderdose wieder in die Handtasche zu stopfen. Etwas Schmales, Längliches fiel aus der Außentasche, als das Schloß zuschnappte.

Dominic hätte nun eigentlich hineinlaufen und sie darauf aufmerksam machen müssen, daß sie etwas verloren hatte. Statt dessen sprang er von der Wand weg wie eine verbrühte Katze, und als sie herauskam, schlenderte er schon den anderen hinterher um die Ecke. Bevor er abbog, drehte er sich nach ihr um und wartete auf sie. Raschen Schrittes, lächelnden Gesichts eilte sie zu ihm hin und schob sogar ihre Hand unter seinen Arm, als sie sich gemeinsam wieder in Bewegung setzten.

Toddy und Christine standen am Wagen, die Landkarte ausgebreitet gegen die Wagenseite gepreßt.

»In wenigen Minuten«, verkündete Toddy, den Kopf wendend, »werden wir in das großartige Waagtal einfahren, durch die kleine Tatra hindurch, vorbei an romantischen Schlössern und Burgen. Kommt schon! Ich fahre.«

Der junge Mann, dem der MG gehörte, kam in diesem Moment im Laufschritt um die Ecke und winkte.

»Entschuldigen Sie! Warten Sie einen Moment!«

Fast zwei Minuten, dachte Dominic. Genug Zeit, um ein paar Worte zu lesen; genug Zeit, um ein paar Worte zu schreiben. Vorausgesetzt, Tossa hatte vorhin etwas fallenlassen, in dem sich ein Zettel oder ein Brief verbergen ließ.

Oh ja, das hatte sie. Was der junge Mann ihr da entgegenstreckte, als er ein wenig keuchend und lächelnd auf sie zukam, war ihr kleines, ledernes Kammetui.

»Entschuldigen Sie, ich stand eben im Foyer. Ich glaube, das Etui gehört Ihnen.«

Sie nahm es entgegen, erstaunt und reizend verwirrt über ihre Unachtsamkeit und voll überschwenglichen Danks für ihn.

»Keine Ursache. Ich freue mich, daß ich Sie noch erreicht habe.« Er trat einen Schritt zurück, als wollte er keinen Zweifel daran lassen, daß er nicht die Absicht hatte, sie aufzuhalten. »Sie sind im Urlaub hier?« Er sah von einem zum anderen, als wollte er sich ihre Gesichter einprägen. Sein Lächeln war ein wenig zu strahlend und herzlich. »Sie fahren in die Berge?«

Sie machten höflich Konversation, wie man das tut, wenn man weiß, daß eine Begegnung flüchtig ist und sich aller Voraussicht nach nicht wiederholen wird.

»Die Slowakei wird Ihnen bestimmt gefallen. Ein herrliches Fleckchen Erde. Also dann, gute Fahrt und viel Vergnügen.«

Er drehte sich um und ging zu seinem Wagen. Tossa stopfte mit bewundernswerter Gelassenheit das Kammetui in ihre Handtasche und stieg in den Kleinbus.

Und dann lotste Mirek sie nach Zbojská Dolina und fuhr sie selbst das letzte Stück ansteigender, holperiger Straße zur Riavka Hütte hinauf.

»Und jetzt verlasse ich Sie«, verkündete er, als das Gepäck ausgeladen und der Bus geparkt war. »Bei Mrs. Martinek sind Sie in guten Händen. Sie hat zwei Zimmer für Sie reserviert. Sie können deutsch mit ihr sprechen, das versteht sie ganz gut. Und Dana – das ist ihre Tochter – spricht recht ordentlich englisch. Ich marschiere jetzt nach Hause. Vielen Dank noch einmal für die schöne Fahrt. Ich hoffe, wir werden uns eines Tages wiedersehen.«

Er schüttelte ihnen die Hände, wehrte lachend ihr Angebot, ihn nach Hause zu fahren, ab, schulterte seinen Rucksack und machte sich auf den Weg.

4

Die Riavka Hütte unterschied sich kaum von anderen Berghütten in anderen Gebirgsgegenden Europas. Sie war ein großes, behäbiges zweistöckiges Haus, aus Holz und Stein gebaut, mit weit hervorspringendem Dach, einem Balkon, der um das ganze Haus herumlief und einem Stapel von Feuerholz, der an der Frontwand aufgeschichtet war. Sie stand inmitten saftig grüner Wiesen, und Kühe und Pferde grasten frei und ungehindert bis hinauf zu dem Waldgürtel, der einige hundert Meter oberhalb der Hütte den Fußweg verschluckte.

Die Fichten und Föhren des Waldes sogen die Hitze der Sonne auf und gaben sie in einem schweren, berauschenden Duft an die Erde zurück. Der Nadelteppich unter ihren Füßen war weich und schwammig. Zu ihrer Linken plätscherte ein Gebirgsbach, der in ungebärdigem Lauf nach Zbojská Dolina hinunterhüpfte.

Jenseit des Waldgürtels stießen sie auf Felsgruppen und massige Findlinge, die sich nackt und kahl aus dem von Heidekraut und Mauerpfeffer überwucherten Boden erhoben. Ein Stück bergaufwärts, wo die Felslandschaft wieder Wiesen wich, stießen sie auf den Wildbach und überquerten ihn. Zu beiden Seiten stiegen jetzt Geröllhalden an und geschrammte Felswände. Wenn ein Bergsteiger die Absicht hatte, in Zbojská Dolina ein wenig zu trainieren, dann würde er hierher kommen. Hier gab es einige recht ansehnliche Steilhänge, einige Kalksteinspitzen, die den Kletterer reizen konnten. Vor ihnen, auf einem niedrigen Sims auf der rechten Seite des Tals, gefährlich am Rand des Abgrunds kauernd, befand sich ein kleines, weißgetünchtes Gebäude, dessen Dach von einem winzigen Turm gekrönt war.

»Was das wohl ist«, meinte Christine.

»Das ist eine Kapelle«, antwortete Tossa. »An dieser Stelle wurden einmal ein paar Leute vom Schnee überrascht und fanden nicht mehr ins Tal hinunter. Sie kamen alle um. Deshalb hat man diese kleine Zufluchtsstätte gebaut, damit so etwas nicht noch einmal vorkommt.«

»Woher weißt du das eigentlich alles?« erkundigte sich Toddy. »Im Führer steht das nicht.«

»Dana hat es mir erzählt. Ich habe sie ein bißchen ausgefragt, ehe wir losgingen.«

Tossa sah sich mit weitschweifendem Blick um, und ihre Augen blieben auf dem bleichen Band eines Pfads hängen, der sich am gegenüberliegenden Hang entlangzog. Oberhalb ragte steil und nackt eine geschrammte Felswand auf, unterhalb gähnte ein Abgrund von etwa dreißig Metern. Hätte nicht an einer Stelle des Pfads, wo eine widerstandsfähigere Gesteinsschicht der Erosion nicht nachgegeben hatte, ein kantiger Felsvorsprung herausgeragt, so hätte der Grat in kerzengerader Linie vom Bergkamm auf der einen Seite zu einer Gruppe von Büschen und Bäumen auf der anderen geführt. Doch an dem Felsvorsprung schlug der

Pfad einen scharfen, unübersichtlichen Haken, der um das Hindernis herumführte.

Tossa hängte sich ihren Fotoapparat um den Hals und ging vom Pfad weg. Mit gerunzelter Stirn blickte sie aufmerksam zu der Felswand auf, während sie einen Fuß vor den anderen setzte und geradewegs auf den Fuß des Hangs zusteuerte.

Die anderen folgten ihr gehorsam, ohne zu fragen. Sie führte sie zwischen Bäumen hindurch, dem Ziel zu, das sie gewählt hatte. Ihre Füße traten auf rauhen Stein, und über ihnen hing die Wand, an der sich die warmen Strahlen der Sonne brachen. Ein breites Kalksteinsims, in drei unregelmäßigen Stufen nach oben aufsteigend, sprang am Fuß der Wand hervor.

»Wohin gehen wir eigentlich?« erkundigte sich Christine ohne sonderliche Neugier.

»Wir gehen gleich weiter das Tal hinauf.« Tossa kniff die Augen zusammen und blinzelte beinahe überzeugend in den Sucher ihres Fotoapparats, während sie ein Stück von der Wand zurücktrat. »Ich fand nur, der Steilhang hier gäbe einen guten Hintergrund für ein Foto ab.«

Wenn es eine Ausrede war, dann war sie gar nicht schlecht. Das Licht leuchtete jede Schramme der übereinandergelagerten Gesteinsschichten aus, die sich aneinanderreihten wie die Falten eines schweren Vorhangs, und hier hatte sie genug Raum, um der Aufnahme Tiefe und Kontrast zu geben.

»Würdet ihr euch freundlicherweise mal da auf den Stufen arrangieren? Jeder auf einer bitte. Ein bißchen mehr nach links, Chris. Schön. Gut so. Bleibt so.«

Tossa machte zwei Aufnahmen. Als sie die Kamera zum zweitenmal senkte, sah Dominic, wie sie den Kopf hob und einen hastigen Blick zu der Stelle an der Felswand hinaufwarf, die sich direkt über ihm befand; und weil sie eben erst den Apparat weggenommen hatte, der ihr Gesicht verborgen hatte, war es dies eine Mal ein nackter und leicht zu deutender Blick, in dem sich Grimm und Zweifel und Furcht mischten, und eine unterdrückte Erregung.

Sogleich erlosch der Ausdruck in ihren Augen, und sie drehte den Film weiter und winkte ihnen herunterzukommen. Die anderen hatten nichts bemerkt, weil sie auf nichts Besonderes achteten. Doch Dominic blickte verstohlen hinauf zu der Stelle, die sie mit den Augen gesucht hatte, und stellte fest, daß er unmittelbar unter dem Felsvorsprung gesessen hatte, der wie eine Nase aus der Wand herausragte.

Da begriff er. Er hatte genau an jener Stelle gesessen, an der Tossas Stiefvater den Tod gefunden hatte.

Dana Martinek war allein in der Schankstube, als Dominic an diesem Abend hineinging, um Kaffee zu bestellen. Das hatte er gehofft. Seine Freunde saßen auf der kleinen Terrasse vor dem Haus, sicher außer Hörweite. Wenn er sich von seiner regen Phantasie zum Narren hatte halten lassen und einige triviale Zwischenfälle und Tossas unberechenbares Verhalten zum Melodrama aufgebauscht hatte, dann war jetzt der Moment, sich Gewißheit zu verschaffen und den Kurs zu ändern.

»Miss Martinek, wir waren heute nachmittag oben bei der Kapelle. Direkt gegenüber, auf der anderen Seite des Wildbachs, steigt eine steile Felswand auf, über die ein schmaler Pfad führt. Sie wissen doch, welche Stelle ich meine?«

Sie hob den Kopf vom Spülbecken und blickte ihn neugierig an.

»Ja, ich kenne sie«, erwiderte sie ruhig.

»Ist nicht vor ein oder zwei Wochen hier im Tal jemand

abgestürzt? Ein Engländer, der hier bei Ihnen gewohnt hat?«

Sie sagte ›ja‹, ohne zu zögern, doch das war alles.

»Und war das die Stelle, wo es passiert ist? Er ist von dem Pfad über den Felsen abgestürzt?«

»Ja«, sagte sie wieder.

»An dem Knick im Pfad?«

»Es hatte den Anschein.«

»Würden Sie mir erzählen, wie es kam?«

»Was gibt es da schon zu erzählen? Mr. Terrell kam hierher und fragte, ob ein Zimmer frei wäre, und da wir gerade eines frei hatten, nahmen wir ihn natürlich auf. Er war den ganzen Tag allein unterwegs. Das ist bei den Touristen hier ganz normal, wenigstens, wenn das Wetter gut ist. Wir haben uns deshalb auch am dritten Abend keine Sorgen gemacht, als er bei Einbruch der Dunkelheit noch nicht zurück war. Aber als es zehn Uhr wurde, wurden wir unruhig und benachrichtigten die Bergwacht und zogen selbst mit Taschenlampen los, um ihn zu suchen. Als wir ihn schließlich fanden, war die Polizei von Liptovsky Pavol schon da. Er war tot, als er gefunden wurde.«

»Die Polizei? Aber Sie hatten doch die Polizei gar nicht alarmiert, oder? Nur die Bergwacht?«

Sie zuckte die Achseln.

»Die Bergwacht wird die Polizei gerufen haben, nehme ich an. Jedenfalls war die Polizei da. Und sie hat ihn gefunden.«

»Und was für Verletzungen hatte er? Ich meine, sahen sie so aus, als stammten sie von einem Sturz?«

Sie blickte ihm einen Moment ernst in die Augen.

»Mr. Felse, diese Fragen sollten Sie der Polizei stellen. Für mich bestand keine Notwendigkeit, mir den armen Mann anzusehen, der sich das Genick gebrochen hatte, und ich habe ihn mir auch nicht angesehen. Ich weiß nur, was mein Vater erzählte, und der half, ihn hinunterzutragen. Haben Sie eine Ahnung, wie ein Mensch aussieht, wenn er aus dreißig Meter Höhe auf nackten Felsen aufgeschlagen ist? Haben Sie eine Ahnung, wie viele Knochen da gebrochen sind? Ja, so hat er ausgesehen. Ja, er ist abgestürzt. Sie sagten, daß er innerhalb weniger Minuten tot gewesen sein muß, vielleicht sogar augenblicklich. Und ich glaube, Sie haben ein wenig zuviel Phantasie. Sie sollten sie besser zügeln.«

»Oh nein, nicht ich«, versetzte Dominic und zog seufzend die Ellbogen von der Theke. »So einfach ist das nicht. Nun, auf jeden Fall vielen Dank. Ich nehme den Kaffee gleich selbst mit hinaus, dann können Sie sich den Weg sparen.«

Während sie den Kaffee zubereitete, fiel ihm eine neue Frage ein.

»Was für eine Ausrüstung hatte dieser Mr. Terrell eigentlich bei sich?«

Viel hatte er sich auf diese Frage nicht erwartet, doch sie drehte sich um und sah ihn mit Interesse an.

»Ja, das war vielleicht eigenartig. Er hatte einen Eispickel mit, Nylonseile, Kletterschuhe, alles, was zu einer schwierigen Klettertour gehört. Natürlich hat er die Sachen hier nicht benützt. Er brauchte sie ja nicht. Aber vielleicht ist es doch nicht so merkwürdig, weil er ja aus der Hohen Tatra hierher kam. Sie wissen schon, die hohen Berge drüben auf der anderen Seite des Tals. Sie haben sie bestimmt gesehen, als Sie von Ruzomberok herüberfuhren.«

»Ja«, bestätigte er eifrig und sah wieder die sichelförmige Kette schneebedeckter Gipfel vor sich, die sich zu ihrer Linken spitz in den blauen Himmel hineingebohrt hatten. »Ja, dafür brauchte er die Ausrüstung.«

»Ich habe ihn gefragt, wie er es überhaupt übers Herz bringen konnte, den Strba See zu verlassen. Er sagte, er hätte sich einen Armmuskel gezerrt und wäre deshalb hierher gekommen, um zu wandern und nicht in Versuchung zu geraten, den Arm zu früh wieder zu gebrauchen. – Würden Sie mir bitte das Tablett da geben? So, da ist Ihr Kaffee.«

Er dankte ihr, hob das Tablett auf und trug es vorsichtig davon. Er hatte die Tür erreicht, als sie ganz ruhig sagte: »Mr. Felse?«

»Ja?« Er drehte sich eilig um.

»Wissen Sie eigentlich, daß Sie mir genau dieselben Fragen gestellt haben, die mir Ihre Freundin schon heute nachmittag gestellt hat? Das kleine, dunkelhaarige Mädchen – Miss Barber, heißt sie, glaube ich.«

»Ja – das dachte ich mir fast«, erwiderte Dominic und verharrte noch einen Moment auf der Schwelle. »Hat sie Sie auch gefragt, in welchem Hotel er am Strba See gewohnt hat?«

»Nein. Aber das hat er mir sowieso nicht erzählt, und ich habe ihn auch nicht gefragt.«

»Schön. Vielen Dank jedenfalls.«

Er trug das Tablett mit dem Kaffee hinaus auf die Terrasse. Es überraschte ihn nicht, daß er gerade in dem Moment, als er herauskam, Tossa in dem verdächtig munteren Ton, den er allmählich nur zu gut kannte, sagen hörte: »Was haltet ihr davon, wenn wir morgen einen Ausflug in die Hohe Tatra machen?«

Während der Fahrt über die gewundene Straße, die sie aus der Niederen Tatra hinausführte, wartete Dominic voller Spannung darauf, wie Tossa es anstellen würde, sie genau dorthin zu steuern, wohin sie wollte.

Plötzlich breitete sich vor ihnen das weite Tal der Waag aus, und dreißig Kilometer jenseits der grünen Ebene hoben sich glitzernd weiß die steilen Gipfel der Hohen Tatra gegen den leuchtend blauen Himmel ab.

»Nach rechts jetzt«, befahl Tossa über die Karte gebeugt, als kenne sie nicht den ganzen Weg schon auswendig. »Folge den Wegweisern nach Poprad.«

In Liptovsky Hradok stießen sie auf eine verheißungsvolle Gabelung, deren nach links strebender Zweig direkt zum Fuß der Berge hinzuführen schien.

»Die nicht«, warnte Tossa. »Wir müssen in Richtung Poprad fahren. Die Straße mündet nicht in die Freiheitsstraße, sie führt direkt nach Polen, und da können wir nicht hin. Zwanzig Kilometer von hier biegt eine andere Straße nach links ab, die in diese Freiheitsstraße mündet und dann am Fuß der Berge entlang verläuft.«

All dies wußte Dominic ebenso gut wie sie. Er hatte die Karte noch fleißiger studiert. Er wußte außerdem, daß die gute Straße, die zur Freiheitsstraße hinaufführte, eher vierzig als zwanzig Kilometer vor ihnen lag. Die Zufahrt jedoch, zu der Tossa sie lotsen wollte, kurz und sicherlich äußerst steil, wenn sie auf so geringer Entfernung bis zur hochgelegenen Freiheitsstraße emporkletterte, würde sie zum westlichen Ende der Hochstraße und direkt zum Strba See bringen.

So etwa hatte sich Dominic natürlich den Verlauf der Fahrt vorgestellt. Er wußte ja, was sie von Dana erfahren hatte. Was ihn interessierte, war die Frage, was sie tun, wohin sie sie führen würde, wenn sie den Strba See erreicht hatten. Denn sie konnte ja nicht genau wissen, wo in dem Urlaubsort am See sie nach den Spuren ihres Stiefvaters suchen sollte, wenn sie nicht Informationen besaß, die Dana nicht hatte.

Sie folgten der Straße in östlicher Richtung durch das weite, grüne Tal, erreichten die Zufahrt zur Freiheitsstraße und ließen die fruchtbare Flußebene unter sich, während der kleine Bus sich keuchend eine steile Steigung zwischen bewaldeten Hängen und Felskaskaden hinaufquälte. Schließlich erreichten sie eine breite, gut befestigte Straße, die die Landstraße in rechtem Winkel kreuzte.

»Und jetzt?«

»Das ist ganz gleich«, erwiderte Tossa heuchlerisch. »Das hier muß die Freiheitsstraße sein. Links liegt das höchstgelegene Ende. Da sind wir ganz nahe daran. Was meint ihr: Wollen wir am Strba See zu Mittag essen und hinterher nach Tatranska Lominice hinunterfahren, das am anderen Ende der Straße liegt? Vielleicht können wir da mit der Zahnradbahn in die Berge hinauffahren.«

Der Vorschlag war vernünftig, und sie nahmen ihn bereitwillig an. Die breite Straße stieg zwischen hochragenden Fichtenwäldern weiter an, bis sie plötzlich in ein weites, offenes Plateau einmündete und sich das ganze Panorama des Tals unter ihnen ausbreitete.

Das grüne Tal der Waag lag wie ein Samtteppich unter ihnen. Durch träge dahintreibende Wolkenschleier konnten sie klar das weiße Band der Straße und das silberne Band des Flusses erkennen, die sich durch das smaragdgrüne Feld wanden. Winzige Dörfer nahmen sich wie Blumen in einer grünen Wiese aus.

»Aber wartet nur, wenn wir nachher erst mit der Zahnradbahn auf den Lominice hinauffahren!« rief Tossa, selbst von der Begeisterung über den zauberhaften Blick erfaßt. »Schnell, Dominic, sperre den Wagen ab, dann gehen wir gleich zum See.«

Fast ein Viertel des Seeufers wurde von Hotels eingenommen, doch über ihnen erhoben sich die Berge, bewaldet an den unteren Hängen, scharf und kantig in den oberen Regionen. Auf der anderen Seite des Sees, nicht weit vom Ufer, thronte eine Sprungschanze, braun und kahl wie ein Gewächs, das nicht in diese Sommerlandschaft gehörte.

Sie wanderten um den See herum, blieben immer wieder stehen, bewunderten die Aussicht, fotografierten genau wie Horden anderer Urlauber. Und Tossa inspizierte mit Bedacht jedes Hotel, an dem sie vorüberkamen, und gab durch nichts zu erkennen, ob sie gefunden hatte, was sie suchte.

Erst als sie zum Hotel Sokolie gelangten, das direkt am See errichtet war, mit einer Terrasse, die über die klaren, kühlen Wasser hinausragte, blieb Tossa stehen.

»Das sieht eigentlich hübsch aus«, meinte sie. »Und auch nicht zu elegant. Dann ist es sicher nicht so schrecklich teuer. Ist außer mir noch jemand am Verhungern?«

Sie hatte schon gelernt, wie sie es anstellen mußte. Ihr Ton traf genau die richtige Nuance. Sie sprach beiläufig, ohne zu verhehlen, daß sie jetzt gern Pause machen würde, aber dennoch zu erkennen gebend, daß sie nicht unbedingt ihren Kopf durchsetzen wollte, sondern bereit war, sich nach den anderen zu richten. Sie hatte die ganze Zeit gewußt, welches Hotel sie suchte, und diese Information hatte sie nicht von Dana bekommen.

Keine Luxusausgabe, genau wie sie gesagt hatte, nicht einmal neu. Doch der holzgetäfelte Speisesaal war gemütlich und bot einen weiten Blick über die Terrasse hinweg auf den See und die Berge. Die Zwillinge folgten ihr bereitwillig durch die Schwingtür und steuerten im Schlepptau des Obers, der auf flinken Füßen vor ihnen hereilte, auf einen Tisch am Fenster zu. Jedes Hotel am See hätte ihnen die gleiche prachtvolle Aussicht und vergleichbare Küche anbieten können. Doch nur dieses Hotel kam für Tossa in Frage. Denn dies war zweifellos das Hotel, wo Herbert Terrell die wenigen Tage verbracht hatte, ehe er sein Quartier nach Zbojská Dolina in der Niederen Tatra verlegt hatte.

»Ich habe es ja gewußt«, erklärte Tossa seufzend. »Überall, wohin wir kommen, läßt man gleich den Fachmann für Engländer auf uns los. Und dabei haben wir doch nicht ein Wort gesprochen, solange der Ober in Hörweite war. Er hat uns lediglich genau angesehen. Woher wissen die das nur immer gleich?«

»Du würdest dich noch viel mehr ärgern«, versetzte Christine, »wenn sie dich für etwas anderes halten würden. Wie alle Engländer.«

Der Ober hatte sie selbst zu diesem Tisch geführt, sich dann aber, nachdem er sie mit scharfsichtigem Blick gemustert hatte, zurückgezogen und einen stämmigen, gutgelaunten Kollegen zu ihnen geschickt, der sie in akzeptablem Englisch begrüßte.

Tossas Blick folgte aufmerksam und nachdenklich dem Kellner, der durch den Speisesaal zur Küche eilte. Sie war hergekommen, um sich Informationen zu holen. Ein englischsprechender Kellner mußte ihr wie gerufen kommen. Die Hauptschwierigkeit, der sie sich jetzt gegenüber sah, war die Frage, wie sie ihre drei Begleiter lange und geschickt genug loswerden sollte, um mit dem Mann allein zu sprechen.

»Wir könnten doch unseren Kaffee auf der Terrasse trinken«, schlug sie vor und blickte träumerisch aufs blaue Wasser hinaus.

Natürlich! Kaffee auf der Terrasse! Und wenn sie dann

faul und schläfrig in der Sonne saßen, würde Tossa wieder in ihrer unergründlichen Handtasche wühlen und mit einer Entschuldigung ins Innere des Hotels zurückkehren, allem Anschein nach auf der Suche nach einem Spiegel, in Wirklichkeit auf der Suche nach dem englischsprechenden Kellner.

Und genau so geschah es. Tossa war die erste, die ihren Kaffee getrunken hatte und die erste, die sich entschuldigte.

»Ach, du lieber Gott, wie ich aussehe!« Sie betrachtete sich in einem winzigen Taschenspiegel und schnitt eine Grimasse. »So was muß einem Mädchen doch gesagt werden.« Sie packte ihre Handtasche und schob ihren Stuhl zurück. »Ich bin gleich wieder da.«

Er ließ ihr drei Minuten Vorsprung, ehe er ihr durch das jetzt fast leere Restaurant ins Foyer folgte. Der Garten, dachte er. Er erstreckte sich bestimmt über die ganze Breite des Hauses. Und an einem so warmen Tag war gewiß nirgends ein Fenster geschlossen.

Der Garten war verwildert, das hohe Gras verschluckte den Klang seiner Schritte, die Fenster der Gasträume des Hotels lagen in seiner Kopfhöhe. Er wanderte langsam an der Wand entlang und lauschte angestrengt. Und plötzlich hörte er Tossas Stimme. Leise, klar und eindringlich erklang sie aus dem offenen Fenster über ihm.

»Aber *warum* soll er denn so Hals über Kopf ausgezogen sein? Es muß doch etwas passiert sein. Hat er denn keinerlei Erklärung gegeben?«

»Nein, mein Fräulein, er hat überhaupt nichts gesagt.« Ein volltönender Baß, freundlich und bereitwillig. »Alles war an dem Morgen genau wie sonst. Er konnte nichts unternehmen, weil es regnete. Er saß hier und wartete und las die englische Zeitung. Es ist nichts geschehen.«

»Aber es waren doch auch andere Leute hier. Hat er mit jemandem gesprochen?«

»Nur mit mir, mein Fräulein. Ich hatte gerade Dienst.« Die Stimme des Kellners klang geduldig, wenn auch verwundert. »Wir hatten nicht viele Gäste wegen des Regens. Fast nur Leute, die im Hotel wohnten. Ein paar Leute kamen allerdings, hier aus der Gegend. Sie tranken Kaffee und sie spielten Karten. Der Herr aus England ging zu ihnen hinüber und sah eine Weile zu. Er fragte mich, was das für ein Spiel wäre. Er kannte es nicht. Als die Männer gingen, nahm er den Zettel, auf dem sie die Spielergebnisse aufgeschrieben hatten, und sah ihn sich an. Aber was ist daran schon besonderes?«

»Und kurz danach packte er und zog aus?«

»Ungefähr eine halbe Stunde später sah ich ihn mit seinen Sachen herunterkommen und die Rechnung zahlen. Er bat mich, ihm einen Wagen zu besorgen.«

»Aber er interessierte sich für diese Leute und für das Kartenspiel, das sie spielten? Haben Sie den Zettel gesehen, auf dem sie die Spiele aufgeschrieben hatten? War irgend etwas Besonderes daran? Aber wieso denn!« sagte Tossa hoffnungslos und seufzte tief.

»Ich habe den Zettel nicht gesehen, mein Fräulein. Der Herr aus England hat ihn eingesteckt und mitgenommen.«

Das Schweigen war abrupt und tief. Einen Augenblick später sagte Tossa: »Soviel ich weiß, war seine Witwe hier und hat alle seine Sachen abgeholt. Sie wissen nicht –?« Sie schreckte plötzlich vor dem zurück, was sie hatte fragen wollen und sagte statt dessen: »Hat er Sie auch nach den Männern gefragt, die hier Karten spielten?«

»Er wollte nur wissen, wer sie waren und woher sie kämen. Ich glaube, die Tracht interessierte ihn. Die beiden älteren Männer trugen die alten Gewänder aus Zdiar.«

»Und welcher von den Männern schrieb die Spiele auf?«

»Ach, das war ein junger Mann, den ich gut kenne. Er ist aber nicht von hier. Er wohnt drüben auf der anderen Seite.«

»Haben Sie Mr. Terrell auch über diesen jungen Mann etwas gesagt?«

»Ich glaube, er fragte mich nach seinem Namen und woher er käme, ja.«

Mit der gleichen gedämpften Stimme, doch in merkwürdig schleppendem Ton, so als hätte sie die erste Etappe ihrer Reise beendet, fragte Tossa jetzt: »Und wie hieß er?«

»Er heißt«, antwortete der englischsprechende Kellner, »Ivo Martinek. Sein Vater hat drüben in der Niederen Tatra eine Hütte.«

Dominic spurtete ins Foyer zurück und erreichte es gerade noch rechtzeitig, um Tossa betont lässig entgegenzuschlendern, als sie aus der verlassenen Bar auftauchte. Er konnte nur hoffen, daß sein etwas hastiges Atmen nicht auffallen würde. Als er sich beim Hinausgehen noch einmal umdrehte, sah er den englischsprechenden Kellner stehen, der ihnen aus reglosem Gesicht nachstarrte. Dann ließ er die Tür hinter Tossa und sich zufallen und zog das Mädchen mit sich zu den Zwillingen.

Er sah nicht mehr, wie der englischsprechende Kellner sich in die Telefonzelle einschloß und eine Nummer wählte. Doch selbst wenn er in Hörweite gewesen wäre, hätte er nicht verstanden, was der Kellner sagte, denn jetzt sprach er nicht englisch.

»Ich spreche vom Hotel Sokolie, Genosse Leutnant«, begann der Kellner. »Ich glaube, es wird Sie interessieren, daß hier eine junge Dame ist, die mir sehr viele Fragen über den toten Engländer gestellt hat, diesen Herrn Terrell.«

Als sie am Abend beim Essen in der Riavka Hütte saßen, bemerkte Tossa resigniert, daß sie endlich ihrer Mutter schreiben müßte.

»Wenigstens eine Postkarte«, sagte sie, »sonst gibt es Ärger. Laßt euch nicht stören. Ich bin gleich wieder da.«

Ganz gleich, was sie jetzt tat, ob sie blieb oder verschwand, ob sie sprach oder schwieg, Dominic entdeckte hinter allem eine versteckte Bedeutung. Er fühlte sich unbehaglich, wenn sie da war, doch er war völlig rastlos, wenn sie nicht da war. Nach ein paar Minuten stand er vom Tisch auf und ging hinaus in den Schankraum, um Briefmarken zu kaufen. Das zumindest war seine Entschuldigung. In Wirklichkeit wollte er still und unauffällig Tossa bewachen.

Er brachte es nicht über sich, ihr nach oben zu folgen. So weit waren die Dinge noch nicht gediehen. Doch vom Schankraum aus, dessen Tür offenstand, würde er sie hören können, wenn sie rufen sollte. Verrückt, sagte er sich, so etwas überhaupt zu denken; und doch war er sicher, daß sie sich in etwas eingemischt hatte, was für andere, unbekannte Menschen von ernster Bedeutung war. Und sie befanden sich weit entfernt von zu Hause, in einem Land, das der orthodoxe Brite noch als feindlich betrachtete.

Dana drehte sich um und reichte ihm seine Briefmarken. Sie sah ihn auf merkwürdige Weise an, als wüßte sie nicht recht, ob sie mit ihm sprechen sollte oder nicht. Als er sich umdrehte und gehen wollte, sagte sie unvermittelt: »Mr. Felse!«

»Ja?« Er wandte sich um.

»Ich weiß nicht«, begann Dana ernst, »worüber sich Miss Barber solches Kopfzerbrechen macht, aber ich glaube, ich sollte Ihnen sagen, daß ihr heute abend noch eine weitere Frage an mich eingefallen ist.«

»Sie meinen, erst nach unserer Rückkehr?«

»Ja. Sie fragte mich, welches Zimmer Mr. Terrell bewohnt hätte, als er hier war.«

Ihre Augen forschten aufmerksam in seinem Gesicht. Er hatte beinahe das Gefühl, unter diesem ernsten, offenen Blick durchsichtig zu sein.

»Und welches Zimmer hat er bewohnt?«

Seine Kehle war trocken und wie zugeschnürt, so sehr mußte er sich anstrengen, einen beiläufigen Ton anzuschlagen.

»Das, in dem Sie und Ihr Freund schlafen«, antwortete Dana.

Er konnte sich des Gefühls nicht erwehren, daß sie genau wußte, was er vorhatte und daß es überhaupt keinen Sinn hatte zu versuchen, es zu vertuschen oder aufzuschieben.

»Danke«, sagte er ganz einfach und ging aus dem Schankraum hinaus und die Treppe hinauf.

Die hellen, geschrubbten Holzstufen knarrten. Sie würde jeden seiner Schritte hören können. Tossa, die oben vollauf beschäftigt war, würde vielleicht die Schritte hören, aber sie nicht erkennen. Er wußte nur zu gut, daß sie nicht einen Funken Aufmerksamkeit an ihn verschwendete. Trotzdem näherte er sich der Tür seines Zimmers sehr leise und drückte die Klinke mit größter Vorsicht nieder, um dann die Tür mit einem plötzlichen, aber geräuschlosen Ruck aufzustoßen.

Tossa, auf den Knien vor der Kommode, die unterste Schublade aufgezogen, strich glättend über das Auslegepapier und schob die Schublade zu. Sie schwang herum und blickte ihn aus großen Augen mißtrauisch und herausfordernd an. In den Linien ihres verkrampften Gesichts sah er Erregung und Verblüffung, aber keine Furcht, und das erschreckte ihn mehr als alles andere. Dann erkannte sie, wer sie überrascht hatte, und ihr Mut, ihre Kampfbereitschaft fielen in sich zusammen. Doch war es vielleicht nicht Furcht, die jetzt in ihr erwachte, sondern eher eine Spur von Scham und Verlegenheit und Ärger.

»Ach, du bist es!« sagte sie betont unbefangen. »Weißt du vielleicht, wo Toddy die große Karte versteckt hat? Ich dachte sie wäre hier irgendwo im Zimmer. Ich wußte nicht mehr, wie man verschiedene Namen buchstabiert.«

»Sie liegt noch im Wagen«, erwiderte Dominic im gleichen unbefangenen Ton.

Sie stand auf und wischte sich ganz unnötigerweise über die Knie. Der Boden war blitzblank und frisch gewachst.

»Ach verflixt! Das hätte ich mir denken können. Und wo ist die Straßenkarte, die kleine?«

An dieser soliden Abwehr war nicht vorbeizukommen. Er suchte ihr die Karte heraus und ließ sie in Ehren und mit der Karte in der Hand den Rückzug antreten. Doch als sie verschwunden war, schloß er die Tür und nahm das ganze Zimmer auseinander. Denn was auch immer sie hier gesucht haben mochte – und er glaubte ziemlich sicher zu wissen, was es war –, sie konnte es noch nicht gefunden haben. Wenn es überhaupt hier war. Und wenn ja, dann würde er es bestimmt nicht übersehen.

Nichts unter dem Schrankpapier in den Schubladen. Sie hatte die unterste schon erreicht gehabt; da brauchte man gar nicht mehr nachzusehen. Nichts unter den Teppichen. Die Ritzen zwischen den Fichtendielen waren verfugt und undurchdringlich. Er erforschte das Innere des Kachelofens in der Ecke und fand nichts. Nichts auch unter den Volants der schweren Vorhänge. Nichts in dem unförmigen Kleiderschrank. Er nahm jeden Bügel heraus, untersuchte jedes

Brett auf dem Boden. Auf der einen Seite war eine Stange angebracht, um Kleider aufzuhängen, auf der anderen befanden sich sechs Fächer, in dem Toddy seine Habseligkeiten verstaut hatte. Dominic stand einen Moment reglos da und starrte mit düsterer Miene auf die Fächer. Dann begann er beim obersten Brett, rüttelte ein Brett nach dem anderen hin und her, um festzustellen, wie fest sie saßen.

Das dritte Bord, auf der Höhe seiner Schulter, ließ sich leicht bewegen. Mit der linken Hand zog er es heraus, so weit es sich herausziehen ließ, nicht einmal einen Zentimeter, und fuhr dann mit den Fingerspitzen der rechten Hand am hinteren Rand des Bords entlang. Auf halbem Weg knisterte etwas und verrutschte unter seinem suchenden Finger von seinem Platz. Ein Eckchen Weiß sah unter dem Bord hervor. Er griff zu und zog es langsam und vorsichtig heraus. Ein Stück Papier kam zum Vorschein, sorgfältig so klein gefaltet, daß es hinter dem Bord hatte verborgen werden können, ohne gesehen zu werden.

Und jetzt lag es in seiner Hand, und als er es auseinandergefaltet hatte, sah er vier Reihen von Zahlen, jede mit einem großen Buchstaben überschrieben, die Abrechnung eines unbekannten Kartenspiels.

Gar nichts Ungewöhnliches daran, soweit er sehen konnte, bis ihm auffiel, daß die Zahlen auf Manuskriptpapier von guter Qualität gekritzelt waren, bis er den Zettel ans Licht hielt und das Wasserzeichen einer englischen Herstellerfirma entdeckte. Selbst dann dauerte es noch eine volle Minute, ehe ihm einfiel, das Papier herumzudrehen. Auf der anderen Seite waren in großzügiger Hand mit Kugelschreiber ein paar Takte Musik hingeworfen, voll Ungeduld durchgestrichen, abrupt endend. Dominic hatte bei seinen Klavierstunden nie viel Ehrgeiz entwickelt, doch er konnte die Noten immerhin so weit lesen, daß er erkannte, daß es sich hier um die ersten Takte eines ziemlich schwermütigen Klavierpréludes handelte. Vielleicht aber schloß er das auch einfach aus den wenigen Verszeilen, die in der selben ungeduldigen Handschrift und in gutem Englisch über dem mißglückten Vertonungsversuch standen.

›Come, shadow of mine end, and shape of rest,
And like to death, shine through this black-faced night.
Come thou, and charm these rebels in my breast,
Whose raving fancies do my mind affright.‹

Dominic stand einen Moment wie versteinert und starrte auf diese ergreifenden Worte der Einsamkeit von Dowland nieder. Dann stürzte er, ohne einen Moment zu überlegen oder zu zweifeln, mit dem Zettel in der Hand auf den Flur hinaus und rannte zu dem Zimmer, das die Mädchen bewohnten. Tossa saß dort über ihrer Postkarte, um gegebenenfalls ein Alibi nachweisen zu können. Kalt und mißtrauisch wie zu einem Feind blickte sie zu ihm auf.

Dominic legte das Blatt Papier vor sie auf den Tisch.

»Ich glaube, das ist das, was du gesucht hast«, sagte er in sachlichem Ton.

5

Sie warf ihm einen kurzen, flammenden Blick zu, der ihre ganze innere Spannung verriet, und senkte dann die Augen auf das abgerissene Stück Papier. Lange saß sie stumm da und starrte mit angestrengter Konzentration darauf nieder. Einmal las sie die wenigen Verszeilen durch, überflog die zwanzig Takte Musik, ohne auch nur ein Wort oder eine Note in sich aufzunehmen. Beim zweitenmal, die Brauen angespannt zusammengezogen, begriff sie wenigstens den Sinn der Wörter, drehte das Blatt um und blickte auf die Zahlenreihe auf der anderen Seite. Dann sah sie wieder auf, begegnete unerschrocken seinem Blick.

Er wartete darauf, daß sie ganz kühl fragen würde: »Was soll das? Soll das ein Witz sein? Ich habe die Karte gesucht, sonst nichts. Ich weiß überhaupt nicht, was du damit willst.« Einen Augenblick lang war sie tatsächlich daran, genau das zu tun, doch als sie sein düsteres, gespanntes Gesicht sah, als sie sah, daß er, schon im voraus enttäuscht, nur darauf wartete, daß sie ihn belügen würde, da brachte sie es nicht fertig. Was hatte es denn für einen Sinn, wenn ihre Lüge doch nicht überzeugend war? Sie hatte keine Ahnung, was er wußte, doch es reichte, um ihm die Gewißheit zu geben, daß sie dieses Stück Papier in seinem Zimmer gesucht hatte. Bis zu diesem Moment hatte sie nicht bemerkt, daß überhaupt jemand auf ihr Tun geachtet hatte. Jetzt plötzlich schien ihr, als wäre sie schon, seit sie England verlassen hatten, ständig auf der Flucht vor ihm.

»Danke«, sagte sie und packte das Stück Papier mit einer Gelassenheit, die vom Zittern ihrer Hände Lügen gestraft wurde, in ihre Schreibmappe. Sie wartete in dem Schweigen, aber er ging nicht. Sie hatte im Grund auch nicht daran geglaubt, daß er gehen würde. »Jetzt wirst du mich wohl gleich fragen, warum ich diesen Zettel gesucht habe und welche Bedeutung er hat?«

»Ich weiß, welche Bedeutung er hat«, versetzte Dominic unverblümt. »Das ist der Zettel, den Ivo Martinek zufällig in der Tasche hatte, als dein Stiefvater ihm und seinen Freunden beim Kartenspiel im Hotel Sokolie zusah. Er benutzte es, um die Spielergebnisse darauf aufzuschreiben. Und ich weiß auch, warum du ihn gesucht hast. Weil dein Vater ihn nach dem Spiel an sich genommen hat und gleich darauf Hals über Kopf aus dem Hotel Sokolie ausgezogen ist, um hierher zu kommen. Er wollte wahrscheinlich feststellen, von wem der Zettel stammte, wer den Vers und die Musik geschrieben hatte. Ivo bestimmt nicht, das steht fest, aber jemand, mit dem Ivo auf recht freundschaftlichem Fuß steht. Oder wußte er vielleicht sofort, als er den Zettel sah, wessen Handschrift das war?«

Tossa klappte ihre Schreibmappe mit einem Knall zu.

»Spionierst du mir schon lange nach?« erkundigte sie sich mit bedrohlich freundlicher Stimme.

Es schmerzte ihn nicht so sehr, wie er erwartet hatte, weil er darauf vorbereitet war; er wußte, wie ihr zumute war und konnte sie sogar verstehen.

»Ja, ziemlich lange schon, seit Siegburg. Da hast du dich das erstemal verraten. Nenne es ruhig Bespitzeln, wenn du willst, es macht mir nichts aus. Es ist mir gleich, wie du es nennst, wenn es nur im entscheidenden Moment etwas nützt. Denn wenn du bis jetzt noch nicht erkannt hast, daß du auf dem besten Weg bist, in ein Riesenschlamassel zu geraten«, sagte er eindringlich, »dann wache um Himmels willen endlich auf! Ganz gleich, worum es dir geht, höre endlich auf, alles allein ausfechten zu wollen. Was glaubst du denn, wozu Freunde da sind?«

»Ich kann dir nichts sagen«, wehrte sie ab, unsicher geworden durch die Wärme, mit der er gesprochen hatte.

»Schön, das verlange ich auch gar nicht von dir, zumindest jetzt noch nicht. Dafür werde ich dir sagen, was ich weiß. Seit dem Tag, an dem dein Stiefvater umgekommen ist, hast du uns beharrlich an diesen Ort hier gesteuert. Zuerst hast du vorgeschlagen, wir sollten uns ein Carnet für den Wagen besorgen, dann tschechische Visa, dann, in Siegburg, warst du plötzlich dafür, direkt bis in die Slowakei durchzufahren. Da dämmerte es mir langsam, und danach war es eigentlich gar nicht schwierig, die weiteren Entwicklungen zu beobachten. Urplötzlich kanntest du einen idyllischen kleinen Ort namens Zbojská Dolina, den du nie zuvor erwähnt hattest. Und als wir hier angekommen waren, hast du uns zielstrebig zu der Stelle gelotst, wo Terrell abgestürzt ist. Ich habe gestern abend mit Dana gesprochen, und sie hat mir das gleiche erzählt, was sie vorher schon dir erzählt hatte. Dann schlugst du einen Ausflug in die Hohe Tatra vor, und wir landeten prompt an Strba See, in dem Hotel, in dem dein Stiefvater gewohnt hatte. Und das ist etwas, was du nicht von Dana erfahren hast, weil sie mir sagte, sie wüßte nicht, in welchem Hotel er dort gewohnt hätte, und das glaube ich ihr auch. Aber du hast genau gewußt, wo er gewohnt hatte. Das hattest du von einer anderen Person erfahren, noch ehe wir hierher kamen.«

»Dana muß es gewußt haben«, versetzte Tossa unwillkürlich. »Schließlich war es ja ihr Bruder, der –« Sie unterbrach sich zu spät und warf den Kopf zur Seite, um seinem Blick auszuweichen.

»– der dort im Hotel Sokolie Karten spielte und den Zettel liegen ließ! Richtig, es liegt auf der Hand, daß Terrell ihn bemerkt hat, aber das beweist noch nicht, daß er Terrell auch nur die geringste Aufmerksamkeit geschenkt hat. Er war mit drei Freunden im Hotel, sie tranken Kaffee und spielten Karten, da wird er sich kaum um einen Ausländer gekümmert haben, der eine Weile beim Spiel zusah. Außerdem weiß ich, daß du Dana gar nicht nach dem Hotel gefragt hast.

Das brauchtest du nicht, weil du schon wußtest, welches Hotel es war.«

»Du scheinst recht gründlich informiert zu sein«, stellte Tossa mit einem verkrampften Lächeln fest.

»Ich lausche an offenen Fenstern. Hat Toddy dich nicht gewarnt?«

Einer gab dem anderen die Schuld an der unüberwindlichen Mauer, die zwischen ihnen stand. Er hatte sich verleiten lassen, den gleichen Ton anzuschlagen wie sie, und das würde weder ihr noch ihm helfen. Er zog den Hocker, der vor dem Toilettentisch stand, durch das Zimmer, stellte ihn nahe bei ihrem Stuhl nieder und setzte sich. Mit ernstem Gesicht beugte er sich zu ihr und umschloß ihre Hände mit den seinen. Sie zitterte, doch sie zog ihre Hände nicht weg.

»Jetzt höre mir einmal ganz genau zu, Tossa. Wir sind jetzt nicht in England. Wir sind in der Tschechoslowakei, in einem kommunistischen Land. Wenn wir schon glauben, keinen Anlaß zu haben, den Tschechen zu trauen, was glaubst du dann, wieviel Anlaß die Tschechen haben, uns zu trauen? Was glaubst du denn, was es bei uns zu Hause für einen Eindruck machen würde, wenn plötzlich ein Ausländer mit tschechischem Paß auftauchte und allen möglichen Leuten neugierige Fragen über einen Todesfall stellte, der amtlicherseits bereits als Unfall erledigt worden ist? Überlege dir das einmal! Ja, ich habe wirklich am offenen Fenster gelauscht. Ich habe gehört, wie du mit dem Kellner gesprochen hast. Es war das einzige Mal, daß ich gelauscht habe, aber es ist mir nicht einmal peinlich, und du kannst es nennen, wie du willst. Mir geht es einzig und allein darum, daß du nicht in Schwierigkeiten gerätst. Wenn du so weitermachst wie bisher, wirst du aber todsicher im Gefängnis landen. Nein, warte mal!« Er unterbrach sich unvermittelt.

»Wir wollen ganz ehrlich sein. Noch ein andermal habe ich dich bespitzelt, wie du es vorhin genannt hast. In Zilina, als wir aus dem Hotel kamen. Ich sah, wie du dein Kammetui fallen ließest. Du hast dem Mann mit dem MG auf diese Weise eine Nachricht zukommen lassen, nicht wahr?«

Tossas Hände lagen noch immer in den seinen. Sie blickte ihn hilflos an und schüttelte den Kopf, ohne Heftigkeit diesmal, doch nicht weniger entschieden.

»Es tut mir leid, ich kann keine Fragen beantworten. Ich kann dir nichts sagen.«

»Nein, entschuldige, ich habe ja gesagt, daß ich nicht fragen würde. Schön, ich glaube jedenfalls, daß du ihm eine Nachricht zukommen ließest. Und er schickte dir auf dem gleichen Weg eine Antwort. Ich weiß, daß du ihn kanntest – oder daß zumindest er dich kannte. Vielleicht war er es, der dich zu dieser wilden Jagd veranlaßte. Vielleicht hat er dir gesagt, wo dein Stiefvater am Strba See wohnte. Und vielleicht war auch er es, der behauptete, beim Tod deines Stiefvaters wäre etwas nicht mit rechten Dingen zugegangen. Mr. X mit dem Diplomatenkennzeichen. Und dann erregst du hier allerseits Aufmerksamkeit, indem du überall neugierige Fragen stellst! Glaubst du denn im Ernst, daß ein englischer Diplomat in diesem Land auch nur einen Schritt tun kann, ohne daß die hiesigen Behörden darüber informiert sind? Das ist in allen Ländern gleich, die Behörden müssen wissen, wo sich die Angehörigen ausländischer amtlicher Vertretungen aufhalten und was sie tun. Verstehst du denn nicht, Tossa, warum du mir Todesangst eingejagt hast? Wenn du wirklich weitermachen mußt, warum dann allein? Wenn wir wüßten, was du willst, dann könnten wir wenigstens versuchen, dir zu helfen, du wärst nicht gezwungen, weiterhin Aufmerksamkeit zu erregen. Wäre das nicht besser?«

»Es tut mir wirklich leid – aber ich kann dir nichts sagen. Nicht, daß ich nicht will – ich kann nicht.« Ihre Hände drehten sich plötzlich in den seinen, erwiderten mit Wärme flüchtig den Druck der seinen und entzogen sich ihm dann scheu. »Ich sage weder ja noch nein. Du mußt mich eben tun lassen, was ich nicht lassen kann.«

»Das kann ich nicht«, erwiderte Dominic und ließ enttäuscht, aber hastig ihre Hände los. Er sah ihr in die Augen, und ein Lächeln flackerte zwischen ihnen auf und erlosch wieder. »Ich werde immer in deiner Nähe sein, und wenn du mich einmal brauchst, dann bin ich da.«

»Ich werde dich nicht brauchen. Mir geschieht nichts. Die anderen – ich meine, sie haben doch nichts bemerkt, oder?«

»Nein, sie haben nichts bemerkt. Und ich werde ihnen auch nichts verraten.«

»Danke, Dominic«, sagte sie nur.

»Schon gut, aber kann ich nicht wenigstens etwas für dich tun, dir irgendwie helfen? Ohne Fragen zu stellen. Du brauchst mir keinen Grund zu nennen für das, was ich tun soll.«

Einen Moment lang blickte sie ihn durchdringend an. Dann schlug sie ihre Schreibmappe auf und zog aus einem verschließbaren Fach einen Zeitungsausschnitt.

»Doch! Du kannst mir helfen, wenn du wirklich willst. Du kannst mir helfen, diesen Mann ausfindig zu machen. Er hält sich irgendwo hier im Tal oder in unmittelbarer Nähe auf. Sieh ihn dir genau an, damit du ihn erkennst, wenn er dir begegnet. Und wenn du ihm begegnen solltest, dann sage es mir.« Sie schob ihm den Zeitungsausschnitt zu. »Ich habe es an dem Tag, bevor wir abreisten, aus dem Archiv gestohlen. Es war die beste Aufnahme, die ich finden konnte.«

Dominic sah, noch ehe er das Gesicht betrachtete, daß

der Untertitel zu dem Bild abgeschnitten worden war. Es war eine scharfe Aufnahme. Ein Mann saß leicht vorgebeugt an einem Schreibtisch, das Kinn auf locker gefaltete Hände gestützt. Er mußte etwa fünfunddreißig Jahre alt sein; ein länglich geschnittenes Gesicht, das zum Kinn hin schmäler wurde. Weit auseinanderliegende Augen, hohe Stirn, leicht eingefallene Wangen, eine schmale, hervorspringende Nase und ein kühler, skeptischer Mund. Die Hände unter dem Kinn waren groß, mit breiten Gelenken. Das glatt zurückgestrichene Haar war hell, die tiefliegenden Augen, klar und durchdringend, blickten unzugänglich, beinahe feindselig.

Dominic vergaß einen Moment lang sein Versprechen, keine Fragen zu stellen.

»Wer ist der Mann?« fragte er neugierig und blickte von der Aufnahme auf in Tossas Gesicht.

»Wenn nicht alles trügt«, erwiderte Tossa ernst und ruhig, »ist das der Mann, der meinen Stiefvater ermordet hat.«

Oberhalb der Kapelle auf dem Felssims dehnten sich plötzlich saftige Wiesen, weite Flächen leuchtend grünen Weidelands. Und jenseits wieder lag die letzte große Mulde, grün auf dem Grund, umsäumt auf allen Seiten von grasbewachsenen Hängen und grau schimmernden Geröllhalden. Gewundene Pfade schlängelten sich zu zwei Gipfeln hinauf, zwischen zackigen Felsen hindurch, und die Hänge der Mulde waren von Wegen durchzogen, auf denen Bergschafe und manchmal dunkelbraune Ziegen sicheren Fußes entlangtrotteten.

Sie hatten jeden Winkel des Tals erforscht, jede Hütte entdeckt. Sie waren jetzt überall bekannt. Viele Gesichter waren ihnen vertraut geworden. Doch nicht einmal hatten sie auch nur einen Schimmer des Gesichts gesehen, das Tossas Zeitungsbild zeigte.

Sie waren auf dem Rückweg zur Riavka Hütte. Das Gras war feucht von einem kurzen Regenschauer, der östliche Himmel leuchtete klar und durchsichtig wie Aquamarin vor Ihnen.

»Hört einmal!« Christine blieb stehen und hob lauschend den Kopf. »Was ist denn das?«

Sie ließ den Blick über die Hänge der Mulde gleiten, sah hinüber zu den Hütten, doch das Geräusch, das ihre Aufmerksamkeit erregt hatte, schien keine Quelle zu haben.

Dann hörten auch sie es; ein plötzlich einsetzendes, hohes Trillern, das vibrierend eine Oktave tiefer sprang und zu einer getragenen, langsamen Melodie wurde, leicht und weich im Klang wie eine Baßflöte. Leise und klar und dennoch nicht von einer Quelle kommend, daher zumindest so fern wie die Gipfel und vielleicht weit jenseits der Gipfel. Wie vom Wind getragen schwebten die Töne durch die Bergluft, reihten sich aneinander zu einem Lied, das wild und traurig zugleich war.

»Eine Art Hirtenflöte oder Schalmei«, sagte Dominic.

»So etwas habe ich noch nie gehört«, erklärte Christine.

»Horch! Da ist es wieder.«

Dünn und hoch klang der erste ungestüme Ruf, verspann sich mit den folgenden Tönen zu einem Klangfaden, dessen Färbung dunkler und dunkler wurde. Weich und tief wehten die Töne zu ihnen herüber und verklangen schließlich in einer wehmütigen Klage. Sie warteten, doch das Lied war verstummt.

»Aus. Schade.«

Tossa drehte sich noch einmal um, ehe sie die Wanderung bergab wieder aufnahmen.

»Schaut! Da kommen die Ziegen.«

Dunkel und glänzend vom Regen traten die kastanienbraunen Bergziegen aus dem Grau des Felsens, tänzelten mit anmutiger Geschmeidigkeit über den Bergkamm, hinein in die leuchtenden Strahlen der Gewittersonne. Angestrahlt wie Akrobaten im Rampenlicht, zogen sie ihres Wegs und waren einen Moment später verschwunden Und hinter ihnen tauchte unvermittelt, hochgewachsen und hell vor dem Dunkel des Himmels ein Mann auf.

Winzig wirkte er aus der großen Entfernung und doch schien es, als füllte er den ganzen Himmel. Er besaß den hohen, schlanken Wuchs der Einheimischen und er trug ihre Tracht. Was da über seinem Kopf aufblitzte wie die Juwelen einer Krone, mußten die feinen Ketten sein, die um seinen Hut lagen. Das hell leuchtende Gewand war der Umhang aus grobem Fries. Schwingenden Schrittes trat er in den Glanz der Sonne, und sie sahen klar und deutlich den Gewehrkolben, der über seine Schulter hinausragte und den ungewöhnlich langen Lauf, der unterhalb seiner Hüfte vom Schwung seines Schritts nach vorn geschoben und einen Moment lang sichtbar wurde, ehe der Mann verschwand.

Unten bei der Riavka Hütte hatte es überhaupt nicht geregnet. Die Wiesen waren trocken. Die Gewitterwolke hatte sich verzogen.

Sie lagen im Gras am Rand der Koppel, halb schlafend, die Wärme des Spätnachmittags genießend. Und dort hörten sie wieder das Lied der Flöte. Die Töne tropften in ihr Bewußtsein wie Musik aus einem Traum, so fern waren sie und so schwach. Wenn sie sie an diesem Tag nicht schon einmal gehört hätten, dann wären sie ihnen jetzt wahrscheinlich gar nicht aufgefallen.

Dominic lag bequem ausgestreckt, und ein sachter Wind fuhr behutsam durch Tossas dunkles Haar an seiner Schulter, während er sich der Stimmung des Liedes überließ, das fern und traumhaft herüberklang. Dieser abrupte, perlende, improvisierte Beginn, kaum laut genug, um überhaupt gehört zu werden, und dennoch eindringlich genug, um den Zuhörer aufzurütteln, und dann das volltönende, tiefe Lied. Wenn man der Melodie folgen wollte, mußte man sich entspannen und sich von ihr führen lassen, denn ihre Entwicklung war planmäßig und von ganz eigener Art. Erst als er aufhörte, bewußt zuzuhören, erkannte er ihre Form und stimmte so automatisch in die lose, klagende Kadenz ein, daß die Worte ganz von selbst kamen.

›Sometimes I am uneasy
And troubled in my mind . . .‹

Wie Tossa mit ihrem feinen Gewissen und ihrem Schuldgefühl einem Menschen gegenüber, den sie herzlich wenig gemocht hatte. Er wandte vorsichtig den Kopf und betrachtete ihr ruhendes Gesicht, das mit geschlossenen Augen den schrägen Strahlen der Sonne zugewandt war. Kindlich und wehrlos sah sie aus im Halbschlaf, und der Mund war weich und traurig.

›Sometimes I think I'll go to my love
And tell to her my mind.‹

Er beugte sich behutsam auf dem Ellbogen über sie, als sie die Augen aufschlug, ihm benommen ins Gesicht blickte und ihn anlächelte, ganz ohne Zurückhaltung, ganz ohne Vorbehalt. Und ganz plötzlich, im selben Moment, als sein

Herz einen Sprung tat vor Glück beim Anblick dieses offenen, zärtlichen Lächelns, das ihm galt, ging ihm schlagartig die wahre Bedeutung seiner ziellos umherschweifenden Gedanken auf. Er wälzte sich auf die andere Seite und setzte sich kerzengerade auf.

›Sometimes I am uneasy
And troubled in my mind ...‹

Er irrte sich nicht. Das war das Lied, das er nun schon seit mindestens zwei Minuten hörte, und er hatte es erkannt und gar nicht begriffen, was es bedeutete, wie völlig unmöglich das war. Wie konnte eine Hirte in der Niederen Tatra, im Herzen von Mitteleuropa, auf seiner Flöte ein englisches Volkslied namens ›Bushes and Briars‹ spielen?

6

Das erstaunlichste war, daß den anderen nichts aufgefallen war. Sie lagen reglos in der Sonne und kauten auf Grashalmen. Keiner außer ihm hatte das Lied gehört und erkannt. Und einen Augenblick später war es verklungen.

Er überlegte voll Unbehagen, ob er Tossa von seiner Entdeckung Mitteilung machen sollte, doch die Entscheidung wurde ihm aus der Hand genommen. Er fand keine Gelegenheit mehr, vor dem frühen Abendessen unter vier Augen mit ihr zu sprechen. Und als sie noch über Schweinefleisch und Klößen saßen, erschien Dana an der Tür und verkündete mit ausdrucksloser, unpersönlicher Stimme: »Miss Barber, Sie werden am Telefon verlangt.«

Tossa ließ die Gabel aus der Hand fallen, unvermittelt zurückgerissen in ihre geheime Welt voller Fallstricke und Probleme. Einen Moment lang war ihr Gesicht starr und verkrampft.

»Am Telefon?« echote Toddy ungläubig. »Was, hier? Was für geheime Verbindungen haben Sie in dieser Gegend Agent 007 und ein halb?«

Dominic konnte die Dickfelligkeit Toddys nicht begreifen. Der kannte das Mädchen seit Jahren, er hätte doch wenigstens etwas von ihrer inneren Spannung spüren müssen.

»Blödsinn« sagte Tossa seufzend und stand mit einem glaubhaft gelangweilten und resignierten Gesichtsausdruck von ihrem Platz auf. »Das ist natürlich meine Mutter.«

Keiner dachte daran, darauf hinzuweisen, daß sie einer Augenblickseingebung gefolgt waren, als sie beschlossen hatten, nach Zbojská Dolina zu kommen, und daß ihr Aufenthaltsort keinem Menschen in England bekannt sein konnte, da Tossas Karte nach Hause erst am Tag zuvor aufgegeben worden war.

»Ich hätte nie gedacht, daß deine reizende Mama so reizend ist, ein Pfund pro Minute dafür auszugeben, mit ihrer geliebten Tochter sprechen zu können«, bemerkte Christine zynisch.

»Sei nicht albern. Die Rechnung zahlt natürlich Paul.«

Dana, die immer noch abwartend auf der Schwelle stand, sagte laut und klar: »Es ist ein Mann am Apparat.«

Sie warf einen flüchtigen Blick auf Dominic und zuckte vielsagend die Achseln. Sie war der Geheimniskrämerei ein wenig überdrüssig und nicht unbedingt geneigt, weiterhin Diskretion walten zu lassen.

»Was habe ich euch gesagt? Paul entwickelt Vatergefühle.«

Tossa eilte davon, um ihren Anruf entgegenzunehmen.

Ein paar Minuten später kehrte sie zurück, noch immer bewundernswert ruhig und gelassen, wenn auch ein wenig gezwungen in ihrem Gebaren. Mit einem tiefen Seufzer ließ sie sich auf ihren Stuhl fallen und machte sich mit Appetit wieder über Schweinebraten und Klöße her.

»Alles in Ordnung?« erkundigte sich Christine munter.

»Natürlich, alles in bester Ordnung. Sie sind zu Hause. Sie wollten sich nur einmal erkundigen, wie es der lieben Tochter geht.« Sie war nicht allzu redselig, weil sie nie viel über ihre Beziehung zu ihrer Mutter sprach und lange Erklärungen jetzt verdächtig gewirkt hätten. »Paul war ganz besorgt. So sind sie immer. Er meint es gut.«

Obwohl sie mit jedem Wort, mit jedem Blick, mit jeder Bewegung log, gelang es ihr, so schien es, ihr Geheimnis vor den Zwillingen zu bewahren. Nicht jedoch vor Dominic. Und das wußte sie. Nur einen hastigen, forschenden Blick warf sie ihm zu und wich dann beharrlich seinen Augen aus.

Und ihm fiel auf, daß sie jetzt wiederholt auf die Uhr sah. Mußte sie eine Verabredung einhalten? Oder zählte sie die Minuten, bis sie endlich allein sein und aufhören könnte zu lügen? Es quälte sie, lügen zu müssen, das wußte er, verständlich, wenn sie da den Moment herbeisehnte, wo sie endlich wieder sie selbst sein konnte.

Doch nein, sie hatte eine Verabredung. Sie trank ihren Kaffee in aller Eile, obwohl er kochend heiß war. Mit einem Auge schielte sie ständig nach der Uhr und stellte im stillen angestrengte Überlegungen an, das sah er an ihrem Stirnrunzeln.

»Es macht euch doch nichts aus, wenn ich jetzt schnell hinausgehe und einen ausführlichen Lagebericht nach Hause schreibe?« fragte sie mit resignierter Miene und schob ihren Stuhl zurück. »Auf die Art und Weise werden sie mich wenigstens für den Rest der Ferien in Ruhe lassen.«

»Das könntest du doch auch hier unten tun«, schlug Toddy vor, »und uns hin und wieder freundlich zunicken.«

»Was? Wo der Fernseher läuft? Du hast ja keine Ahnung, welche Konzentration so ein Brief erfordert. Ich bin in einer Stunde oder so wieder da.«

Er ließ ihr zwei Minuten Vorsprung; ihr mehr Zeit zu geben wagte er nicht. Dann erklärte er leichthin, er wollte die Karten holen und sich die Route nach Levoca ansehen, wo eine bemerkenswerte Kirche zu besichtigen war. Sie nickten zustimmend und dösten weiter vor sich hin, froh, daß nach diesem Tag ermüdender Wanderungen nichts von ihnen verlangt wurde.

Er ging durch den Schankraum zur Terrasse hinaus und von dort hinüber zum Waldsaum. Dort wartete er, denn das Licht im Zimmer der Mädchen brannte noch. Wenn sie in den nächsten Minuten nicht erschien, dann brauchte er sich wahrscheinlich keine Sorgen zu machen und konnte tatsächlich die Karten holen.

Das Licht erlosch.

Er zählte die Sekunden und hoffte, daß sie nicht kommen würde, bereit, sich unbegründeten Argwohns anzuklagen. Dann entdeckte er Tossas schmale Gestalt in der Tür, sah, wie sie die Tür vorsichtig hinter sich schloß und sich vom Haus entfernte.

Er blieb reglos im Schatten der Bäume stehen und ließ sie vorübergehen. Es war noch nicht dunkel, obwohl die Strahlen der Sonne das Tal verlassen hatten und jetzt nur noch die Höhe beleuchteten. In der Mulde unter den Gipfeln war der Tag gewiß noch hell; hier unter den Bäumen war es schon dämmerig.

Dominic glitt aus seinem Versteck und folgte ihr lautlos. Im Schutz der Bäume war es einfach, relativ dicht hinter ihr zu bleiben und dennoch einer Entdeckung zu entgehen; doch dann, als sie zum Heideland gelangten und zu den verstreuten Felsgruppen, durch die der Pfad sich hindurchschlängelte wie durch ein Labyrinth, mußte er ein gutes Stück zurückbleiben und mit größter Vorsicht von einer geschützten Stelle zur anderen huschen. Wenn sie sich an einer Biegung des Pfads umgeblickt hätte, dann hätte sie ihn leicht bemerken können; aber er wollte nicht von ihr ertappt werden.

Von den zertretenen Gräsern unter seinen Füßen stieg ein würziger Duft in die kühler werdende Nachtluft, und der leichte Wind, der sich mit dem Kommen des Abends erhoben hatte, trug das gelegentliche leichte Knirschen von Tossas Schuhen auf losem Geröll zu ihm zurück. Wie weit mochte sie gehen? Doch sicher nicht hinauf bis zur obersten Mulde, wo die Hütten standen? Um diese Zeit und ohne Mantel?

Sie hatte den Felsengürtel jetzt hinter sich und schritt zielstrebig, ohne einen Moment zu zögern, über die Wiesen. Er blieb zurück, hinter einer Felsgruppe versteckt, und ließ sie gehen. Einmal blickte sie sich um, stand einen Moment da, den Kopf lauschend erhoben. Dann, gewiß, daß sie allein war, eilte sie weiter, fiel in Laufschritt.

Er wagte nicht, aufs freie Feld hinauszutreten, bevor sie hinter der ersten Rundung des Pfads verschwunden war. Doch dann rannte er schnell und lautlos durch das hohe Gras, um den Abstand zu ihr wieder zu verringern. Selbst wenn sie sich jetzt umdrehte, konnte sie ihn nicht sehen, und auf diesem weichen, elastischen Teppich konnte sie seinen Schritt nicht hören. Er erreichte die Felsen und eilte ihr nach, von Biegung zu Biegung, bis er vor sich, gar nicht mehr weit entfernt, einen Stein fallen hörte, der sich unter ihrem Fuß gelöst hatte.

Sie hatte den Pfad verlassen; zwar war er schmal und gewunden, doch er war fast eben und teilweise mit Gras überwachsen. Ein Stein würde dort nicht so rollen. Sie mußte angefangen haben zu steigen. Dem Geräusch nach hatte sie sich vom Pfad aus nach rechts gewandt. Auf diesem Weg gab es zumindest ein mögliches Ziel; er konnte das Dach der kleinen Zufluchtsstätte sehen, rote Ziegel, die sich vom grauen Hintergrund der Geröllhalde abhoben. Sie lag noch in der Sonne, ein langer Strahl durchbohrte das offene Türmchen wie eine goldene Lanze. Sie waren ein beträchtliches Stück gestiegen und hatten zumindest für eine Weile, das Zwielicht hinter sich gelassen.

Ja, sie strebte der Kapelle zu. Obwohl sie leise vorwärtseilte, drangen die kleinen Geräusche, die sie verursachte, zu ihm hinunter und ermöglichten es ihm, ihren Weg zu verfolgen. Der Weg zum Sims hinauf war einmal mit flachen Steinen ausgelegt worden, doch viele von ihnen hatten sich gelockert und saßen jetzt wackelig. Hier gab es dichte Büsche und sogar Bäume, die im Schutz des kleinen Felsvorsprungs gedeihen konnten. Steine von der Geröllhalde hinter der Kapelle waren bis hier herunter gerollt und lagen nackt und bleich im Gras. Als der Pfad dann das Sims erreichte, lichteten sich die Bäume, und Tossa trat hinaus auf die Felstafel vor der Tür zur Kapelle.

Sie zögerte nicht einen Moment. Rasch überquerte sie den kleinen, offenen Vorplatz und steuerte auf die Tür zu, die schief in der gebrochenen Angel hing. Dominic schlängelte sich bis zum Rand der Bäume hinauf und blickte ihr nach. Dort oben war alles still. Die Kapelle schien verlassen zu sein. Gefahr droht hier sicher nicht. Er suchte sich einen geschützten Fleck und machte es sich bequem, um auf ihre Rückkehr zu warten.

Tossa hatte die Tür erreicht, drückte die Hand gegen das Holz und glitt ins Innere der Kapelle. Anscheinend war sie einige Minuten zu spät daran; auf jeden Fall war es nach Dominics Uhr jetzt drei Minuten nach acht. Sie verschwand. Er begann, beinahe unbewußt, die Sekunden zu zählen.

Vier Sekunden, um genau zu sein. Vier Sekunden tiefen Schweigens von dem Moment an, als sie hinter der schiefhängenden Tür in der Dunkelheit der Kapelle verschwunden war. Dann der kurze harte Knall, den er im ersten Moment für das Knacken eines brechenden Asts hielt und den er gleich darauf als den Knall eines Schusses erkannte.

Er entdeckte, daß er ihn erkannt hatte, als er sich plötzlich bäuchlings im Gras liegen sah. Ohne zu überlegen wand er sich wie ein Aal aus dem Gebüsch hinauf zum grauen, geschrammten Felsen, robbte hinüber zur Tür der Kapelle. Und zur gleichen Zeit nahm sein Ohr das Geräusch eines dumpfen Falls auf und einen schwachen, leisen Schrei, während das Echo des Schusses noch durch die Täler hallte.

Dominic kroch über den harten Felsboden, zog seine Füße hinter sich in den Schatten der Tür und hievte sich an dem großen, eisernen Schloß hoch. Er stolperte um die Tür herum, und das erste, was ihn traf, war der schräge Strahl der Sonne, der durch den leeren Fensterrahmen zu seiner Linken fiel. Einen Moment lang blendete ihn das Licht, und dann, noch ehe er wieder sehen konnte, noch ehe er den Arm, der die Augen beschattete, gesenkt hatte, erfaßte er die Bedeutung dieser späten Helligkeit und ließ sich wieder zu Boden fallen. Seine ausgestreckte rechte Hand landete auf etwas

Warmem, Rauhem, einem schlaffen Arm, der in einem Tweedärmel steckte.

Einen Meter von seinem Gesicht entfernt, auf gleicher Höhe, sah er Tossas Gesicht, starr und leer vom Schock, die Lippen leicht geöffnet, in den großen Augen grenzenloses Erschrecken. Das war das erste, was er sah, als seine Augen sich an die Düsterkeit gewöhnt hatten. Dann sah er den jungen Mann, der ausgestreckt zwischen ihnen lag, halb auf der Seite, den einen Arm unter dem Körper, den anderen zur Tür hin ausgestreckt. Auf der rechten Seite seines Hinterkopfes quoll träge Blut aus einer Wunde, rann in das blonde Haar und sammelte sich unter seinem Hals zu einer kleinen Pfütze auf dem staubigen Boden. Es war ein gut gekleideter junger Mann in einer grauen Hose und einem Sportsakko, ein typischer Engländer. Es wäre eigentlich gar nicht mehr nötig gewesen, das reglose, verwunderte Gesicht zu betrachten; Dominic tat es trotzdem.

Der Mann mit dem MG, der Mann, der in einem Café in Zilina Kaffee getrunken und geheime Nachrichten mit Tossa ausgetauscht hatte, würde über seine Mission, welcher Art auch immer sie gewesen sein mochte, keinen Bericht mehr erstatten können. Kein Pulsschlag war an dem Handgelenk zu spüren, das Dominic betastete; nicht eine Spur von Beschlag zeigte sich auf dem Uhrglas, das Dominic ihm mangels eines Spiegels vor den schlafflippigen Mund hielt.

Mr. X mit dem diplomatischen Kennzeichen war einwandfrei tot.

Tossa erwachte mit einer Heftigkeit aus ihrer Benommenheit, die sie beinahe beide um ihr Leben gebracht hätte. Sie brach plötzlich in heiseres, trockenes Schluchzen aus, wich voller Entsetzen vor dem unglückseligen Menschen auf dem

Boden zurück und sprang auf. Dominic ließ die schwere Hand fallen, die er gehalten hatte und packte sie grob an den Schultern, um sie herunterzuziehen.

»Nicht aufstehen! Verstehst du denn nicht? Das Fenster! Das Licht.«

Er streckte über den Toten hinweg die Arme aus und zog sie an sich. Aufrecht kniend hielt er sie fest in den Armen. Sein Rücken schmerzte unter ihrem Gewicht und seinem eigenen, doch das spielte keine Rolle. Und ebenso wenig spielte im Moment der Tote eine Rolle, der zwischen ihnen lag, während sie einander dankbar umschlungen hielten.

»Ich bin ja da. Ich bin ja bei dir. Ich lasse dich nicht allein. Bleibe unten und halte mich fest. Es wird schon alles gut. Tossa, du kennst mich doch – Dominic. Komm, nimm dich zusammen, dann schaffen wir es schon. Ich bin dir nachgekommen. Ich habe dir doch gesagt, daß ich da sein würde, wenn du mich brauchst.«

»Er ist tot«, flüsterte Tossa zitternd vor Entsetzen. »Er ist doch tot, nicht wahr? Wir können nichts mehr für ihn tun?«

»Nein, wir können nichts mehr für ihn tun. Er ist tot.«

Damit, das spürte er, fühlte sie sich des ersten dringenden Problems entbunden. Er spürte, wie sie sich in seinen Armen entspannte. Jetzt waren sie zu zweit, nur für sich selbst verantwortlich. Es war gar kein Trost, doch es vereinfachte die Dinge. Es beschleunigte sogar das Verstehen.

»Ich bin hergekommen, weil ich mich mit ihm treffen wollte«, murmelte sie wie betäubt. »Er hat mich angerufen. Es war gar nicht meine Mutter.«

»Das weiß ich. Aber das ist jetzt unwichtig. Was ist geschehen? Als du hier hereinkamst? Erzähle mir alles ganz genau.«

»Er stand dort drüben«, sagte sie mit tonloser Stimme, »da drüben, auf der anderen Seite vom Fenster, wo es dunkel ist. Als ich hereinkam, wollte er mir entgegengehen. Er trat genau in die Sonne. Und da stolperte er plötzlich und stürzte an mir vorbei. Ich konnte gar nicht verstehen, was so plötzlich geschehen war.«

»Er ist erschossen worden«, sagte Dominic. »Irgendwo da draußen ist jemand mit einem Gewehr. Ich habe den Schuß gehört. Er zielte auf das Fenster, wartete auf den richtigen Moment, und der Moment kam, als der Mann ins Licht trat. Bleibe also auf jeden Fall hier unten im Schatten.«

»Vielleicht hat er uns kommen sehen«, flüsterte sie schaudernd, »mich oder auch uns beide. Besonders mich – ich habe gar nicht versucht, mich zu verstecken. Wenn er nun denkt, Mr. Welland hat mir etwas gesagt, bevor er getötet wurde? Denn er wollte mir etwas sagen, weißt du.«

»Der Kerl da draußen war fest entschlossen, es dazu nicht kommen zu lassen. Konnte dieser Welland denn überhaupt noch etwas zu dir sagen?«

»Als ich hereinkam, da wollte er sagen: ›Ah, Miss Barber, da sind Sie ja.‹ Etwas in der Art. Dann krümmte er sich plötzlich vornüber und stürzte.«

»Und danach? Als du bei ihm knietest?«

»Da hat er versucht, etwas zu sagen. Es klang so wie: ›Aber er kann es nicht gewußt haben – keiner sonst wußte es.‹ Und gleich darauf sagte er ganz klar und beinahe ärgerlich: ›Unmöglich!‹ Nur ›unmöglich‹. Und dann nichts mehr. Und jetzt ist er tot.«

»Und am Telefon? Da hat er dir nichts gesagt?«

»Er erklärte nur, er müßte mich sprechen und ob ich mich hier mit ihm treffen könnte. Es ist meine Schuld. Wenn ich nicht gewesen wäre, wenn ich mich nicht eingemischt hätte, dann wäre er jetzt noch am Leben. So ist es immer mit mir. Ich mache alles kaputt.«

Ein heftiger Tränenausbruch schüttelte sie, doch sie verscheuchte die Schwäche ärgerlich und klammerte sich an Dominics Pullover, als könnte sie bei ihm Kraft finden.

»Wenn der Mann da draußen – der Mann mit dem Gewehr –, wenn er weiß, daß wir hier drinnen sind, wenn er weiß, daß wir uns nicht wehren können, dann sind wir doch verloren, nicht wahr? Denn er kann es sich doch nicht leisten, daß es Zeugen gibt.«

»Vielleicht weiß er es nicht. Und selbst wenn, dann kann er nicht zu gleicher Zeit auf allen Seiten von uns sein. Hör zu, Tossa. Du bleibst hier und rührst dich nicht. Bleibe auf dem Boden liegen, verstanden? Ich möchte einmal einen Blick aus dem Fenster werfen.«

»Das kannst du doch nicht! Er ist bestimmt auf dieser Seite. Er muß da sein. Er wird wieder schießen.«

Sie umklammerte ihn wild, nicht hysterisch, sondern fest und entschlossen, weil sie nicht wollte, daß er sich in Gefahr begab.

»Keine Angst, ich werde mich nicht sehen lassen. So dumm bin ich doch nicht. Aber ich muß sehen, wo er möglicherweise sein kann und wie weit er von uns entfernt ist.«

Er löste ruhig ihre Hände und glitt von ihr weg über den staubbedeckten Boden, um sich vorsichtig auf der dunklen, westlichen Seite des Fensters hochzuziehen.

Die Wange gegen die Wand gepreßt, konnte er mit einem Auge hinausblicken über das Stück Land, in dem sich irgendwo der Mann mit dem Gewehr, das auf diese Stelle gerichtet war, verborgen hielt. Sein Blick umfaßte die volle Breite des Tals, denn unter ihm fiel der Fels ab zum Pfad und zum Wildbach. Nur ein langes Teilstück der gegenüberliegenden Wand des Tals bot sich seinem Auge. Das war tröstlich, denn das bedeutete, daß der Heckenschütze sich in reichlicher Entfernung von ihnen befinden mußte, zu weit weg, um schnell seinen Standort zu wechseln. Seine Feuerlinie war mehr oder weniger festgelegt. Dominic rief sich ins Gedächtnis zurück, wie die Kugel eingedrungen war. Ein kleines Stück rechts von der Kopfmitte im unteren Teil des Hinterkopfs. Das schien darauf hinzudeuten, daß der Schütze von einer Stelle aus geschossen hatte, die auf der gegenüberliegenden Seite, etwa auf gleicher Höhe mit der Kapelle lag.

Unmittelbar gegenüber von dem Fenster, an dem er stand, vielleicht einige Meter höher, ragte der Felsvorsprung aus der Wand, wo Herbert Terrell den Tod gefunden hatte. Ein Stück seitlich von der Stelle befand sich ein ganzes Gewirr von Büschen. Von dieser Position aus konnte der Mörder geschossen haben.

Wie groß mochte die Entfernung sein? Bestimmt siebenhundert Meter. Hieß das, daß der Mörder mit Teleskop geschossen hatte? Wenn er sie von der Stelle aus, wo er sich befand, nicht mit bloßem Auge erkennen konnte, dann konnte er gewiß nicht mit großer Schnelligkeit seinen Standort wechseln und die Reichweite verkürzen. Und wenn er von dieser Stelle aus auf das Fenster zielte, dann konnte er die Tür gar nicht sehen, die sich auf der anderen Seite der Kapelle befand. Vielleicht also hatte er sie überhaupt nicht beobachtet. Wenn das der Fall war, dann konnte er nur mit einigem Unbehagen vermuten, daß der junge Mann, der zuviel wußte, zur Kapelle gekommen sein mußte, um sich mit jemandem zu treffen, und vielleicht hatte er auch eine Ahnung, wer diese Person sein würde. Doch wissen konnte er es in diesem Moment nicht, und er konnte sein Versteck nicht verlassen und sich zeigen, weil er fürchten mußte, daß jemand entkam und Alarm schlug. Das wesentliche für ihn war, daß er unentdeckt blieb. Wenn er tötete, dann mußte er unerkannt töten, wenn er nicht absolut sicher sein konnte, daß er jeden beseitigte, der ihn mit diesem Mord in Verbindung bringen konnte.

Der Weg zur Riavka Hütte war größtenteils geschützt; gefährlich war lediglich das Stück kahler Fels unmittelbar vor der Kapelle und die freien Wiesen weiter unten. Und das erste Stück war entschieden das gefährlichere. Es war schön und gut, sich auszurechnen, daß der Feind sich an einem Standort befinden mußte, von dem aus er die Tür nicht sehen konnte; aber vielleicht konnte er trotzdem die letzten paar Meter dieses Simses überblicken, ehe der Pfad von den Bäumen verschluckt wurde. Und allem Anschein nach war er ein ausgezeichneter Schütze. Konnte er von seinem Posten aus die Wiesen überblicken? Langte die Reichweite seines Gewehrs aus, um ein Ziel dort unten zu treffen?

Dominic leckte sich den Schweiß von der Oberlippe und stand einen Moment unschlüssig da. Der schräge Lichtstrahl, der mit jedem Moment schmäler wurde, begann sich jetzt stetig zu senken. Der Lichtschein, der die andere Seite des Fensterrahmens beleuchtete, klomm höher und höher. Er begriff. Die Sonne ging hinter den Gipfeln unter, und wenn das letzte Stück des orangefarbenen Balls verschwunden war, würde es plötzlich halbdunkel sein. Einen kurzen Moment lang würde es gefahrlos sein, über das Felssims zu den Bäumen hinüberzulaufen. Die Dämmerung fiel in das Tal wie ein Stein; selbst Augen, die darauf warteten, mußten ein oder zwei Sekunden blind sein.

Er sah auf Tossa nieder, die unverwandt zu ihm aufblickte.

Sie trug einen lavendelfarbenen Rock, der mit dem Grau der Dämmerung verschmelzen würde. Doch ihr Pullover war cremefarben. Dominic schlüpfte aus seinem dunkelroten Pullover und warf ihn ihr zu.

»Ziehe ihn an. Und tu dann genau das, was ich dir sage. Keine Widerreden, verstanden? Wir müssen hier heil herauskommen, das ist das einzig Wichtige.«

Sie blickte auf den Toten und sagte leise: »Wir können ihn doch nicht einfach so hier lassen.«

»Quatsch! Wir können ihn nicht mitnehmen, und wenn wir selbst abgeknallt werden, dann können wir nicht einmal seinen Tod melden. Tu, was ich dir sage. Zieh den Pullover über und geh hinüber zur Tür. Bleib drinnen, bis ich dir das Zeichen gebe. Dann rennst du hinüber zu den Bäumen. Du *rennst*, verstanden? Und dann rennst du weiter. Versuch, immer in Deckung zu bleiben. Wenn du zu den Wiesen kommst, dann ist es hoffentlich so dunkel, daß man dich nicht sehen kann, aber renn trotzdem wie der Teufel. Lauf bis du zu Hause bist. Ich komme dir nach.«

Der goldene Lichtschein kroch immer schneller den Fensterrahmen hinauf. Tossa schlüpfte hastig in den dunkelroten Pullover und glitt wie eine Katze über den Steinboden, doch zu ihm hin, nicht zur Tür. Ehe er begriff, was sie vorhatte, war sie bei ihm, lehnte zitternd an seiner Schulter.

Er drehte sich wütend um.

»Los, gehe hinüber zur Tür. Ich habe dir doch gesagt –«

Da brach er verwirrt ab. Im Halbdunkel war ihr beschmutztes, angespanntes Gesicht nur Zentimeter von seinem entfernt, nicht eigensinnig und trotzig, wie er erwartet hatte, sondern vollkommen ruhig und ernst.

»Ja, ich gehe ja gleich«, sagte sie beschwichtigend und beugte sich plötzlich vor und hob sich auf die Zehenspitzen.

Ihr Mund berührte zögernd den seinen. »Nur für den Fall«, flüsterte sie hastig, und schon war sie wieder weg, glitt gebückt hinüber zur Tür.

Die goldene Lichtkugel hatte das oberste Stück des Fensterrahmens erreicht und erlosch. Plötzlich war es dunkel.

»Jetzt«, rief Dominic heiser. »Lauf!«

Sie schoß davon wie ein Pfeil. Er hörte ihren leichten Schritt, als sie über den glatten Fels eilte, hörte ihn leiser werden und verklingen. Er hielt den Atem an, bis das Blut in seinen Ohren toste, wartete auf den Schuß, doch der kam nicht.

Seine Knie zitterten ihm vor Erleichterung. Er klammerte sich an das Fensterbrett und lehnte seine Stirn gegen die kühle, gekalkte Wand. Jetzt lasse ihr Zeit, folge ihr nicht zu bald. Es kann sein, daß *er* jetzt etwas unternimmt, um die Kapelle genauer aufs Korn zu nehmen. Denn er muß doch wissen wollen, ob sein Anschlag gelungen ist, ob der arme Kerl wirklich tot ist und ob er rechtzeitig tot war. Nichts hier bei der Kapelle darf sich rühren, bis Tossa weit weg und in Sicherheit ist.

Fünf Minuten mindestens mußte er verstreichen lassen, ehe er ihr folgte, und jetzt konnte er nichts tun als zusehen, wie die Dunkelheit sich vertiefte, angespannt auf jedes Geräusch lauschen. Jetzt mußte sie unten bei den Felsen sein, kurz vor den Wiesen. Und der Mann mit dem Gewehr war siebenhundert Meter weit entfernt, im Vogelflug, doppelt so weit vielleicht auf dem Landweg. War man ihm aus der Sicht, so war man ihm auch aus der Reichweite.

Die fünf Minuten waren um. Jetzt konnte er loslaufen. Wenn er gesehen wurde, so war wenigstens sie in Sicherheit. Und da Tossa das Sims überquert hatte, ohne daß eine Reaktion erfolgt war, sprach alles dafür, daß seine Berechnungen richtig gewesen waren und daß der ganze freie Platz vor der Kapelle außerhalb des Blickfelds des Schützen lag. Trotzdem war es besser, dieses Stück schleunigst hinter sich zu bringen.

Er ging um den Toten, der auf dem Boden ausgestreckt lag, herum, und einen Moment lang war ihm der Gedanke, ihn allein hier zurückzulassen, beinahe unerträglich. Niemals hatte er den Tod so nahe gesehen, niemals so unverbrämt, ohne Ritual, ohne Trauerrede. Unschlüssig, schaudernd stand Dominic vor dem Toten. Dann wandte er mit Entschlossenheit den Kopf und steuerte auf die Tür zu. Er glitt um die Tür herum, trat vorsichtig hinaus auf den Felsen und rannte los.

Er hatte die Hälfte des Wegs zurückgelegt, als ein Stein ihm unter den Fuß rollte. Er stolperte und stürzte. Einen Moment versagte ihm der Atem. Der Lärm schien unglaublich laut, und sein Widerhall pflanzte sich von einer Seite des Tals zur anderen fort. Halb benommen lag Dominic da, doch schon mit den Händen sich abstützend, um wieder auf die Füße zu springen. Und plötzlich peitschte ein zweiter scharfer Knall durch die Luft und neue, härtere Echos vibrierten durch das Tal, und dicht neben seinem rechten Ohr prallte mit einem häßlichen, klirrenden Geräusch und einem durchdringenden Pfeifen etwas gegen den Felsboden.

Mit einem wilden Sprung war er auf den Beinen und stürzte zu den schützenden Bäumen hin. Er hatte wenig Erfahrung mit Schußwaffen, doch er wußte, wie es klingt, wenn eine Gewehrkugel pfeifend von Stein abprallt. Nicht ein Zentimeter des Simses war jetzt außer Reichweite des Schützen, und ein Getöse, wie er es durch seinen Sturz verursacht hatte, ermöglichte einem Schützen, der ein genaues Ohr besaß, beinahe ebenso präzise Maß zu nehmen wie ein sichtbares Ziel. Der Schütze hatte tatsächlich seinen Standort gewechselt, doch er war noch immer dort oben am Berg. Er hatte sich lediglich etwas weiter talabwärts geschoben, um die Tür im Auge zu haben. Über die einzig mögliche Route – die Traverse, von der Terrell in den Tod gestürzt war.

Dominic erreichte die ersten Bäume und ließ sich in ihren Schatten fallen. Und aus dem dunklen Grün flog ihm jemand entgegen und umschloß ihn mit einem Schluchzen der Dankbarkeit und der Erleichterung. Er war so überrascht und entsetzt, daß er wütend wurde.

»Was, zum Teufel, machst du hier noch?« zischte er sie an. »Ich habe dir doch gesagt, daß du hinunterlaufen sollst, so schnell du kannst.«

»Ohne dich?« zischte Tossa empört. »Wofür hältst du mich denn?«

»Schön, dann komm jetzt endlich. Wir müssen hier verschwinden, und zwar schnell.«

»Du gefällst mir! Ich habe doch nur auf dich gewartet!«

»Halt jetzt den Mund. Lauf lieber.«

Er packte sie beim Handgelenk und zog sie mit sich den steilen Pfad hinunter. Hinter sich hörten sie das Geräusch rollender Steine, das Knirschen rutschenden Gerölls. Vielleicht hatte die verirrte Kugel einen kleinen Steinschlag verursacht. Sie hielten nicht an, um sich Gewißheit zu verschaffen. Hand in Hand rutschten, stolperten sie den Pfad hinunter, prallten gegen Felsvorsprünge, glitten auf nassem Gras aus, rannten und rannten bis sie den Hauptpfad erreichten und in gleichmäßigen Laufschritt fielen. Über die Wiesen eilten sie geräuschlos, und jenseits, im felsdurchsetzten Heideland liefen sie ein wenig langsamer, fühlten sich fast schon in Sicherheit, fast schon außer Gefahr.

»Dominic, er hat dich doch nicht getroffen, oder?«

»Nein, er hat mich nicht getroffen. Ich bin noch ganz heil. Aber Tossa –«

»Ja?«

»Jetzt können wir nichts mehr verheimlichen. Das war Mord. Jetzt wirst du alles sagen müssen, was du weißt.«

»Das kann ich nicht.«

»Du mußt! Wenn du es nicht tust, dann erzähle ich. Und du hast doch nur ihm versprochen, daß du nichts sagen würdest, nicht wahr?«

»Ja«, antwortete sie leise.

Sie hatten jetzt die Dunkelheit des Waldes erreicht und mußten vorsichtig einen Fuß vor den anderen setzen, weil sie plötzlich merkten, wie müde und unsicher auf den Beinen sie waren, auch weil der Weg schmal und die Nacht hier dunkler war. Er legte den Arm um sie und sie schritten eng aneinander gelehnt nebeneinander her.

»Er ist tot, Tossa. Schon seinetwegen mußt du jetzt die Wahrheit sagen. Sein Tod entbindet dich von deinem Versprechen.«

»Nein«, entgegnete sie fröstelnd. »Du verstehst das nicht. Dir will ich es erzählen, aber den Leuten hier kann ich es nicht erzählen. Ich kann es nicht. Du wirst schon sehen. Ich kann nicht.«

»Laß nur. Mache dir jetzt kein Kopfzerbrechen. Jetzt gehen wir erst einmal nach Hause und sehen, wo die Zwillinge stecken. Dann besprechen wir alles und überlegen, was wir unternehmen werden.«

7

Ein Blick auf die schmutzbefleckten, abgespannten Gesichter ließ alle Fragen und Ausrufe verstummen. Mit einem kurzen Kopfnicken forderte Dominic die Zwillinge auf, mit nach oben zu kommen. Sie folgten wortlos, ohne Widerspruch.

Im Zimmer der Mädchen, wo sie vor Überraschungen sicher waren, ließ Tossa sich auf ihr Bett fallen und sprach sich endlich alles, was sie bedrückt und beschäftigt hatte, von der Seele. Sie erzählte, wie sie durch reinen Zufall in die Geschichte hineingeraten war, als sie den Brief gelesen hatte, den Robert Welland für ihre Mutter hinterlassen hatte; wie er zurückgekommen war, um ihn zu spät wieder an sich zu nehmen und eingesehen hatte, daß er ihr alles erklären mußte; wie er ihr das heilige Versprechen abgenommen hatte, über die Geschichte strengstes Stillschweigen zu bewahren. Sie erzählte ihnen alles, was sie über Karel Alda gehört hatte, weshalb er irgendwo hier im Tal sein mußte, weshalb beinahe mit Sicherheit anzunehmen war, daß er zwei Morde begangen hatte. Die Zeitungsaufnahme, der Zettel mit den Noten und den wenigen Zeilen eines Gedichts von Dowland gingen unter bestürztem Schweigen von Hand zu Hand.

»Ich glaube, mein Stiefvater erkannte die Handschrift auf den ersten Blick, als er den Zettel im Hotel Sokolie sah. Er muß die Handschrift ja gekannt haben. Sie arbeiteten beide im Marrion Institute, und zu seinen Aufgaben gehörte es, sich gerade solche Dinge einzuprägen. Ich glaube, daß er Ivo Martinek hierher folgte, um Alda zu suchen. Ich will nicht behaupten, daß die Martineks etwas wissen, was von Belang ist, oder daß sie Alda besonders nahestehen. Die Hütte hier ist ein Gasthaus. Den Zettel kann Alda vergessen haben, als er hier einmal ein Bier trank und mit der Idee spielte, ein neues Musikstück zu komponieren. Soviel ich weiß, ist er nicht nur Physiker, sondern auch Musiker, und allem Anschein nach ein sehr guter Musiker. Die Komposition hier gefiel ihm nicht. Er riß den mißlungenen Anfang einfach ab und ließ ihn auf dem Tisch liegen. Vielleicht hat Ivo den Zettel aus reiner Neugier an sich genommen und ihn dann automatisch eingesteckt. So etwa muß es gewesen sein, ganz harmlos und zufällig, denn als er dann einen Zettel brauchte, um beim Kartenspiel aufzuschreiben, hatte er das Stück Papier ohne Zögern dafür verwendet und es danach achtlos liegenlassen. Aber es bewies, daß Alda sich irgendwo hier in der Gegend aufhält, daß er hier bekannt war und als Einheimischer akzeptiert wurde. Deshalb ist mein Stiefvater hierher gekommen, um ihn zu suchen. Und er kam dort oben an der Felswand um, wo wir am ersten Tag Fotos machten. Gegenüber von der Stelle, wo heute abend Mr. Welland erschossen wurde.«

»Und aus dem gleichen Grund«, bemerkte Toddy zustimmend, und seine Augen funkelten vor Erregung. »Weil sie beide Alda gefunden hatten. Das ist doch klar, oder? Dieser Welland sollte versuchen, seine Spur zu finden und dann über die Botschaft in Prag dem Institut Meldung zu erstatten. Und das hatte er getan. Er war in Zilina, als wir durchkamen. Er sah dich, und du hast ihn wissen lassen, wo du zu erreichen wärst. Und drei Tage später ruft er an und bittet dich um ein Gespräch. Er hatte Alda gefunden. Er war in Prag gewesen, um, wie vereinbart, Meldung zu erstatten. Dann kehrte er hierher zurück, um die weitere Entwicklung der Dinge zu beobachten. Du warst für ihn eine Komplikation.«

»Ich würde sagen«, schaltete sich Christine ein und nagte an ihren Fingernägeln, »daß ihn dein plötzliches Auftauchen beunruhigte. Es störte ihn, und deshalb wollte er heute abend mit dir sprechen, um dich zu bewegen, die Hände von der Sache zu lassen. Vielleicht hatte er vor, dir alles zu sagen, was er inzwischen herausgefunden hatte, um dich zu beschwichtigen. Bestimmt aber wollte er dich ermahnen, nichts auf eigene Faust zu unternehmen.«

»Ganz gleich, was er mir sagen wollte«, stellte Tossa fest, »er konnte es mir nicht am Telefon sagen. Vielleicht wollte er mir mitteilen, wo Alda zu finden ist, vielleicht auch nicht. Was spielt das jetzt schon für eine Rolle? Derjenige, der ihn getötet hat, ließ sich jedenfalls auf kein Risiko ein. Und was tun wir jetzt?«

»Wir melden seinen Tod«, sagte Dominic entschieden, »und helfen der Polizei.«

»Ja, ich sehe ein, daß wir den Tod melden müssen«, erwiderte Tossa leise. »Das schulden wir ihm. Aber ich kann der Polizei nicht alles sagen. Ich kann ihnen nichts vom Institut erzählen, nichts von den Dingen, die unsere nationale Sicherheit betreffen. Ich bin an mein Versprechen gebunden, siehst du das nicht ein, Dom? Ich habe kein Recht, auch nur das geringste Risiko einzugehen. Es steht mir nicht zu, ein Urteil darüber zu fällen, ob den hiesigen Behörden zu trauen ist oder nicht.«

»Aber du könntest ihnen doch wenigstens von der Schießerei erzählen«, meinte Christine, »ohne etwas von den Hintergründen zu erwähnen. Du könntest sagen, daß du nach dem Abendessen da oben spazierengegangen bist, daß du plötzlich einen Schuß hörtest und ihn dann gefunden hast. Du brauchst ja nicht zu sagen, daß du hinaufgegangen bist, um dich mit ihm zu treffen.«

»Genau! Damit hättest du der Polizei alles gesagt, was zur Aufklärung des Mords an Welland von Nutzen wäre. *Wenn* sie überhaupt daran interessiert ist, den Mord aufzuklären«, fügte Toddy skeptisch hinzu. »Ich bin überzeugt, daß die hiesigen Behörden genau über alles Bescheid wissen. Ihr sagt einfach, ihr beide habt zusammen einen Spaziergang gemacht und seid ganz ohne Absicht in die Sache hineingeraten. Mehr brauchst du nicht zu erklären.«

»So weit müssen wir auf jeden Fall gehen, schon um uns selbst zu decken«, erklärte Christine stirnrunzelnd. »Aber weiter auf keinen Fall! Oder sollen wir vielleicht hingehen und sagen: ›Entschuldigen Sie, aber eben hat einer von Ihren Geheimagenten zwei von unseren Agenten umgelegt, weil sie einer heißen Sache auf die Spur gekommen waren?‹ Aufrichtigkeit in allen Ehren, aber so weit braucht man sie nicht zu treiben.«

»Und wenn nun Staat und Behörden mit diesem Mord überhaupt nichts zu tun haben?« fragte Dominic. »Wenn es sich hier um eine rein persönliche Sache handelt und die Polizei ebenso sehr daran interessiert ist, den Täter zu fassen wie ihr? Meint ihr nicht, daß wir der Polizei die Arbeit ganz erheblich erschweren, wenn wir neun Zehntel der Tatsachen verschweigen?«

»So einfältig kannst du doch nicht sein!« widersprach Toddy heftig.

»Was heißt hier einfältig? Schön, das Institut können wir nicht in die Sache hineinziehen, aber deswegen könnten wir über die Geschehnisse von heute abend trotzdem die Wahrheit sagen. Wir könnten trotzdem erklären, daß er Tossa angerufen und gebeten hatte, sich mit ihm zu treffen; wir könnten sogar sagen, daß sie gewisse Zweifel daran hatte, daß ihr Stiefvater wirklich einem Unfall zum Opfer gefallen war und daß sie hierher gekommen ist, weil sie sich Gewißheit verschaffen wollte; daß sie Mr. Welland ins Vertrauen gezogen hatte, und daß er sich bereit erklärt hatte, ihr zu helfen. Auf jeden Fall müßt ihr euch endlich entschließen. Ich bin dafür, daß wir uns möglichst genau an die Wahrheit halten.«

»Und ich bin dafür, daß wir es darauf ankommen lassen und so wenig wie möglich sagen«, versetzte Toddy eigensinnig. »Hast du denn nicht gehört, daß es hier um geheime Arbeitspapiere geht, ganz gefährliche Sachen? Dieser Mord ist garantiert keine persönliche Sache. Ihr habt zufällig den Schuß gehört und da seid ihr hineingegangen und habt ihn gefunden. Lieber Himmel, Dominic, auf wessen Seite stehst du eigentlich?«

»Christine?« fragte Dominic, ohne auf die letzte Bemerkung einzugehen.

»Ich bin der gleichen Meinung wie Toddy«, erklärte Christine angriffslustig. »Wir kommen doch nicht darum herum, daß die Tschechoslowakei ein feindliches Land ist. Wir können einfach nicht mit den Behörden zusammenarbeiten.«

Dominic blickte auf Tossas gequältes Gesicht und berührte ihre Hand.

»Du mußt die Entscheidung fällen, Tossa. Was du sagst, wird gemacht.«

Sie schüttelte ratlos den Kopf und blickte nicht auf.

»Ich kann nicht«, murmelte sie nach kurzem Schweigen. »Ich würde gern reinen Tisch machen, wirklich, es wäre mir viel lieber. Aber ich kann nicht. Ich bin für Toddys Vorschlag, Dominic.«

»Gut, dann machen wir es eben so.«

Er sah Toddy an, der als einziger genug deutsch sprach, um sich mit den Leuten hier zu verständigen, wo englisch weniger geläufig war als in Prag.

»Würdest du bitte anrufen, Tod! Am besten fragst du Dana, mit wem du dich in Verbindung setzen mußt. Du brauchst nur zu sagen, daß wir einen Toten gefunden haben und zu beschreiben, wo er liegt. Dann erklärst du, daß wir persönlich kommen werden, um unsere Aussagen zu machen. Erkundige dich genau, wie wir zur Polizeidienststelle kommen. Ich hole inzwischen den Wagen heraus.«

Liptovsky Pavol war ein kleines Dorf, das aus fünf kurzen Straßen bestand, die alle in den weiten, kopfsteingepflasterten Platz vor der Kirche mündeten. An der Spitze des keilförmigen Platzes stand das Rathaus, das einzige moderne Gebäude, in dessen Hinterhaus die Polizeidienststelle untergebracht war.

Es war zehn Uhr vorbei, als sie das Rathaus fanden und den Wagen auf dem Kopfsteinpflaster parkten. Sie waren nicht überrascht zu sehen, daß die Tür offenstand und der düstere Korridor erleuchtet war. Ihr Anruf hatte die einheimischen Polizeibeamten natürlich aus ihrer ländlichen Ruhe geschreckt, und sicherlich war längst jemand fluchend und schimpfend zur Kapelle hinaufgeklettert. Normalerweise war in einem so kleinen, stillen Ort die Polizeidienststelle sicherlich spätestens um sechs Uhr abends geschlossen.

Unterwegs hatten sie sich geeinigt, daß Dominic das Wort führen sollte. Er schritt durch den gewölbten Gang, an dessen Wänden der Verputz abblätterte und spürte, wie Beklommenheit ihm die Kehle zuschnürte. Er stieg langsam die steile Holztreppe hinauf und hatte das Gefühl, daß er mit jedem Schritt tiefer in ein fremdes, unvertrautes Land eindrang. Was, wenn Toddy recht hatte? Was, wenn der kalte Krieg noch immer auf dem Gefrierpunkt stand und er sich auf feindlichem Gebiet befand? Seit dem Tag ihrer Ankunft hier hatte er das Gefühl gehabt, sich unter Freunden zu bewegen, doch plötzlich erfaßte ihn Furcht. »Er spricht englisch«, hatte Toddy gemeldet, als er verwirrt von seinem Telefongespräch zurückgekommen war. »Gutes Englisch.« Es hatte Toddy Angst gemacht, wo es ihn doch hätte beruhigen sollen; und es jagte jetzt Dominic Angst ein. Wenn man über einen Dolmetscher verhandelt, hat man immer die Möglichkeit, Sprachschwierigkeiten und Mißverständnisse vorzutäuschen. Im Gespräch mit diesem Mann würde er schutzlos sein. Doch wenigstens war er gewarnt.

»Pod'te d'alej!« erklang eine gutmütige Baßstimme auf sein Klopfen an der Tür am Ende der Treppe. Und darauf, im gleichen freundlichen Ton: »Bitte, kommen Sie herein.«

Er sprach ausgezeichnet englisch, fast akzentfrei.

Dominic öffnete die Tür und trat ein. Die drei anderen hielten sich dicht hinter ihm. Toddy zog die Tür wieder zu. Das Zimmer war klein und kahl. Vor dem Schreibtisch standen einige Stühle, an der Wand zwei alte Aktenschränke und ein kleiner eiserner Ofen. Die Wände waren cremefarben gestrichen, zur Decke hin gelblich verfärbt von Tabakqualm.

»Nadporučik Ondrejow?« fragte Dominic sorgfältig artikulierend. Er meinte, der Höflichkeit halber wenigstens den Versuch machen zu müssen, den Beamten in der Landessprache zu titulieren.

Der ältliche, bäurisch wirkende Mann hinter dem Schreibtisch hob sein breites Gesäß vom Stuhl und pflanzte sich breitbeinig auf wie ein Bauer, der seine Felder überblickt.

»Kommen Sie herein! Treten Sie näher. Ja, ich bin Ondrejow.« Der jüngere Mann, der an einer Ecke des Schreibtischs gesessen hatte, stand auf, warf einen Blick auf seinen Vorgesetzten, nahm das kurze Nicken des grauen Kopfes wahr und ging dann ins Nebenzimmer, dessen Tür er leise hinter sich schloß.

»Bitte, Miss Barber, nehmen Sie diesen Stuhl dort. Miss Matcher? Bitte nehmen Sie Platz. Und Sie sind Mr. Felse? Ja, wir haben auf Sie gewartet. Es war recht von Ihnen, uns sofort Meldung zu erstatten.«

Er mußte an die sechzig Jahre alt sein, stämmig und untersetzt, nicht schlank und hochgewachsen wie die Slowaken, mit breiter Brust und breitem Gesäß, breiten Bakkenknochen und breit ausladendem Unterkiefer. Über dem freundlichen, gutmütigen Gesicht ringelte sich dichtes, eisengraues Haar. Die hellen, klugen Augen in dem robusten, geröteten Gesicht leuchteten so blau wie Saphire und waren so klar wie Quellwasser. Er war in Hemdsärmeln, und die Krawatte hing ihm lose um den kurzen, massigen Hals.

Dominic fühlte sich wohler, als er den Mann sah. Ein gutmütiges Bäuerlein, sagte er sich, das am liebsten vor seinem Bierglas saß. Umsonst warnte er sich, daß der Schein trügen konnte, daß es gefährlich war, sich in Sicherheit zu wiegen.

»Wir sind Ihnen dankbar, daß Sie uns angerufen haben. Sie dürfen versichert sein, daß alles unter Kontrolle ist. Aber jetzt möchte ich natürlich die Geschichte von Ihnen selbst hören. Bitte, Mr. Felse. Sie können unbesorgt sprechen. Im Augenblick ist dieses Gespräch noch nicht amtlich.« Er lächelte wohlwollend in Dominics müdes, abgespanntes Gesicht. »Sie wundern sich, daß ich englisch spreche! So verwunderlich ist das gar nicht. Die Leute meiner Generation hier lernten Englisch, weil sie Verwandte in England oder Amerika hatten. Besonders in Amerika. Wir lernten Englisch, weil wir hofften, daß wir eines Tages auch auswandern würden. Ich war vor dem Krieg fünf Jahre drüben, und jetzt halte ich mich mit Büchern auf dem laufenden. Meine Kinder haben ihr Englisch vergessen, meine Enkel lernen es gar nicht mehr. Sie sprechen ausgezeichnet russisch, und ich bin antiquiert. Die Zeiten ändern sich. Das ist nicht bedauerlich, aber interessant. Also – Sie brauchen keine Angst zu haben, daß ich Sie nicht verstehe. Bitte sprechen Sie.«

Und Dominic berichtete, ackerte sich mit verbissener Entschlossenheit durch die Geschichte hindurch, auf die sie sich geeinigt hatten und die ihm mit jedem Wort weniger gefiel.

»Miss Barber und ich machten heute abend nach dem Essen noch einen Spaziergang. Wir hatten ziemlich früh gegessen. Ich glaube, es muß ungefähr zwanzig vor acht gewesen sein, als wir weggingen. Wir wanderten den Pfad hinauf, der aus dem Tal herausführt, und als wir in die Nähe der kleinen Kapelle am Berg kamen, beschlossen wir hinaufzugehen und sie uns anzusehen.«

Leutnant Ondrejow war ein idealer Zuhörer, unterbrach nicht ein einziges Mal, nicht einmal mit einer hilfreichen Frage. Dennoch ermunterte er Dominic immer wieder durch ein freundliches, verständnisvolles Nicken. Als Dominic zum Ende gekommen war, lehnte er sich mit einem Seufzer in seinem Stuhl zurück und blickte nachdenklich von einem zum anderen, während er sich mit dickem Finger das stoppelige Kinn rieb.

»Ich verstehe. Sie gingen also zusammen spazieren, Sie und Miss Barber?«

»Ja«, antwortete Tossa rauh und ersparte Dominic diesmal eine Lüge.

Es war das erste Mal, daß Ondrejow ihre Lausbubenstimme hörte, und er warf ihr einen kurzen Blick zu, in dem Interesse aufblitzte.

»Und Sie waren zusammen, als Sie den Schuß hörten und die Kapelle betraten?«

»Ja.«

»Sagen Sie, kannten Sie den Mann eigentlich? Ich meine, den Toten?«

»Nein, gekannt haben wir ihn nicht. Aber wir waren ihm schon einmal begegnet«, erklärte Dominic mit fester Stimme, »als wir auf der Fahrt in die Slowakei waren.«

»In dem Hotel in Zilina?« erkundigte sich Ondrejow freundlich.

Vier Herzen setzten aus. Er hatte ihnen den Boden unter den Füßen weggezogen, und der Sturz, auch wenn sie ganz ruhig, mit ausdruckslosen Gesichtern dasaßen, raubte ihnen den Atem. Er klopfte auf den Busch. Er konnte nichts wissen. Höflich, geduldig, verständnislos starrten sie ihn an.

»Ja, in einem Hotel unterwegs«, antwortete Dominic. »Wir sind durch so viele Ortschaften gekommen, daß ich die Namen vergessen habe.«

Ondrejow beugte sich über seinen Schreibtisch und wakkelte mahnend mit dem Finger.

»Kinder, Kinder! Sie sollten nie versuchen, uns alte Leute zu beschwindeln. Es ist vielleicht lange her, daß wir jung waren, aber dank unserer Kinder und Enkel bleiben wir auf dem laufenden. Also, wollen Sie mir nicht noch mehr erzählen? Oder sich das, was Sie mir bereits erzählt haben, noch einmal durch den Kopf gehen lassen?«

»Nein«, erklärte Dominic für sie alle.

Was sonst gab es noch zu sagen? Sie hatten sich festgelegt, wie katastrophal auch immer das sein mochte.

»Gut. Dann wollen wir einmal sehen, ob nicht auch wir etwas beisteuern können.« Er kippte seinen Stuhl nach hinten und streckte den Arm aus, um die Klinke der Tür zum Nebenzimmer herunterzudrücken. »Mirku! *Pod'sem*!«

Und in das Zimmer trat rund und rosig und blond Miroslav Zachar.

»Mirek«, sagte Ondrejow herzlich und schlug dem jungen Mann kräftig auf die Schulter, »ich finde, Sie sollten unseren vier jungen Gästen kurz erklären, was Sie hier tun. Erzählen Sie ihnen alles. Wir haben nichts zu verbergen.«

»Ich bin hier«, sagte Mirek einfach, »weil ich heute abend den toten Robert Welland entdeckte. Ich meldete meine Entdeckung vom nächsten Haus aus, drüben auf der anderen Seite der Nordwand. Dann wartete ich bei dem Toten, bis die Leute kamen, und kehrte hierher zurück, um persönlich Bericht zu erstatten.«

»Vielleicht«, schlug Ondrejow vor, »wäre es nützlich, wenn Sie in aller Ausführlichkeit erklären würden, was Sie mit den Angelegenheiten dieser vier jungen Leute zu schaffen haben und wie es kam, daß Sie heute abend zur Stelle waren. Von Anfang an.«

»Gewiß.«

Sein Blick wanderte von einem Gesicht zum anderen. Jedem von ihnen sah er klar und offen in die Augen. Warum auch nicht? Es gab nichts, dessen er sich hätte schämen müssen. Er hatte nur seine Pflicht getan. Dominic, dessen Vater Polizeibeamter war, erwiderte seinen Blick mit einem schattenhaften Lächeln. Alle vier starrten ihn aufmerksam und unverwandt an.

»Ich wurde beauftragt, Sie an der Grenze abzufangen, so lange wie möglich bei Ihnen zu bleiben und Sie auch später im Auge zu behalten.«

»Warum?« fragte Tossa feindselig.

»Warum? Nun, genau wie alle anderen ausländischen Touristen mußte Miss Barber für ihren Besuch hier ein Visum beantragen. Angesichts der Ereignisse, die sich erst vor kurzem hier abgespielt hatten und angesichts der Möglichkeit, daß es immer zu diplomatischen Komplikationen kommen kann, hat unsere Polizei in Preßburg natürlich nicht versäumt, sich über die Persönlichkeit von Mr. Terrell zu informieren. Man wußte, daß er mit einer Witwe namens Barber verheiratet war, die aus erster Ehe eine Tochter hatte. Man wußte ferner, daß diese Tochter in Oxford studierte. So war der Zusammenhang hergestellt. Man war der Ansicht, daß es angebracht wäre, Miss Barber während der Dauer ihres Aufenthalts in diesem Land in ihrem eigenen und unserem Interesse im Auge zu behalten. Wir wollen keinen Ärger. Wir vermuteten, daß Miss Barber und ihre Freunde in die Tatra kommen würden. Ich bin hier geboren und habe unter Leutnant Ondrejow Dienst getan, ehe ich zur Kriminalpolizei versetzt wurde. Da ich aus dieser Gegend stamme, und gut Englisch spreche, wurde ich für die Aufgabe ausersehen.«

»Dann haben Sie uns also von dem Moment an, als Sie sich von uns trennten, unablässig bespitzelt«, stellte Tossa mit Bitterkeit fest.

»Ich habe mich nur an meine Weisungen gehalten. Ohne, wie ich hoffe, Ihre Urlaubsfreuden zu stören. Heute abend lag ich oberhalb der Kapelle am Berg in Deckung. Dort ist eine Stelle, von der aus man mit dem Feldstecher das ganze Tal überblicken kann. Ich hatte Sie fast ständig im Blickfeld. Lediglich wenn Bäume mir die Sicht versperrten, konnte ich Sie nicht beobachten.«

»Und? Kamen sie zusammen?« erkundigte sich Ondrejow in aller Unschuld.

In die Stille hinein fiel schwer wie ein Stein Mireks »Nein«.

»Haben sie die Kapelle zusammen betreten?«

»Nein. Miss Barber kam zuerst. Aus ihrem Verhalten war klar zu entnehmen, daß sie glaubte, sie wäre allein, aber ich hatte Mr. Felse schon gesehen, der ihr vorsichtig folgte. Sie stieg zum Felssims hinauf und ging direkt auf die Tür der Kapelle zu. Ich hatte sie bis zu den letzten Metern im Gesichtsfeld. Die Tür selbst war von meinem Standort aus nicht zu sehen. Mr. Felse blieb unten in den Bäumen und machte zunächst keinen Versuch, ihr zu folgen.«

»Und dann?«

»Dann kam der Schuß. Ich hörte ihn vielleicht fünf, sechs Sekunden, nachdem Miss Barber aus meinem Blickfeld verschwunden war und die Kapelle betreten hatte. Ich konnte nicht bestimmen, aus welcher Richtung der Knall kam, das ist in diesem engen Tal, das überall von Wänden eingeschlossen ist, sehr schwierig. Der Schuß kann außerhalb der Kapelle abgegeben worden sein, selbst aus einiger Entfernung. Doch mein erster Eindruck war, daß der Knall aus der Kapelle selbst kam.«

Tossas Hände, die gefaltet in ihrem Schoß lagen, verkrampften sich; doch Tossa gab keinen Laut von sich. Es war Toddy, der auffuhr, erregt und ärgerlich.

»Das ist eine Lüge! Sie wollen ihr Angst machen. Sie wissen genau, daß das nicht wahr ist.«

»Bitte, Mr. Mather! Weiter, Mirek. Was geschah dann?«

»Mr. Felse ließ sich zu Boden fallen und kroch hinüber zur Kapelle. Sie waren mehrere Minuten lang zusammen dort drinnen. Ich habe mit aller Aufmerksamkeit das ganze Tal nach irgendeinem Anzeichen von Bewegung abgesucht, aber ich entdeckte nichts. Deshalb kroch ich langsam den

Hang hinunter zur Kapelle, aber wie Sie wissen, muß man sich auf dieser Geröllhalde sehr vorsichtig bewegen. Als ich noch ziemlich weit oben war, sah ich Miss Barber aus der Tür kommen. Sie rannte über den Sims zum Pfad, der in die Bäume führt. Ungefähr fünf Minuten später tauchte auch Mr. Felse auf und folgte ihr. Da begann es schon dunkel zu werden. Auf dem Felssims stürzte er. Und gleich darauf sah ich, daß Miss Barber unter den Bäumen auf ihn gewartet hatte.«

»Und als Sie dann hinunterkamen?«

»Da waren beide schon weit weg. Und als ich die Kapelle betrat, fand ich dort Mr. Welland. Er war tot.«

»Mr. Felse könnte also lange genug zurückgeblieben sein, um die Taschen des Toten zu durchsuchen?« meinte Ondrejow mit Gelassenheit.

Unwillkürlich stieß Dominic einen ärgerlichen Laut aus, als ihm einfiel, daß dieser Gedanke ihm überhaupt nicht gekommen war. Und Miroslav lächelte.

»Ich will nicht behaupten, daß er das tatsächlich getan hat, aber die Zeit hätte dazu gereicht, ja.«

»Und hörten Sie dann einen zweiten Schuß, wie Mr. Felse sagt. Als er stürzte?«

»Nein, ich hörte keinen. Aber ich muß dazu sagen, daß ich ziemlich schnell die Geröllhalde herunterrutschte. Ich konzentrierte mich ganz auf den Abstieg und verursachte einen Höllenlärm.«

Tossa hob die Lider gerade lange genug, um Dominic einen hastigen Blick zuzuwerfen und seinen bestürzten Blick aufzufangen. Sie hatten das Knirschen des Gerölls gehört, aber keinen Moment war ihnen der Gedanke gekommen, dort oben nach einem Zeugen zu suchen.

»Noch eine Frage«, sagte Ondrejow gemütlich und bog

seine breiten Schultern nach rückwärts, daß der Stuhl knarrte. »Bei dem Zusammentreffen in Zilina, hatten Sie da den Eindruck, daß Miss Barber mit Mr. Welland bekannt war?«

»Oh ja, ganz entschieden.«

»Und begrüßte sie ihn bei der Begegnung?«

»Nein, sie tat so, als kenne sie ihn nicht. Ich glaube, ihre Freunde kannten ihn tatsächlich nicht. Doch sie nahm die Gelegenheit wahr, um ihm eine Nachricht zukommen zu lassen, und ich bin fast sicher, daß er ihr ebenfalls eine Mitteilung zusteckte.«

»So, wie dieses gefaltete Stück Papier vielleicht?«

Ondrejow zog es ganz gemächlich aus seiner Tasche hervor, entfaltete es und las mit seinem tiefen, volltönenden Baß: »Ich bin in der Riavka-Hütte zu erreichen. Bitte setzen Sie sich mit mir in Verbindung.« Mit zwinkernden blauen Augen und einem nachsichtigen Lächeln blickte er von dem Briefchen auf zu den vier jungen Leuten hinüber. »Wenn unser junger und galanter Freund die Taschen des Toten tatsächlich durchsucht hat, dann offenbar nicht sehr gründlich. Zachar hat in solchen Dingen natürlich auch mehr Übung«, fügte er, zu Dominic gewandt, tröstend hinzu und faltete den Zettel sorgsam wieder zusammen, um ihn wegzustecken.

»Es sieht also so aus, als hätte sich das Bild nun etwas geändert. Sie wollen Ihrer Aussage nichts hinzufügen?«

Welchen Sinn hätte das gehabt? Alle ihre Lügen waren bereits geplatzt wie Seifenblasen, und sich jetzt neue Lügen einfallen zu lassen, wäre völlig ausgeschlossen gewesen. Stumm saßen sie da und blickten ihn aus verschlossenen Gesichtern und unruhigen Augen an. »Dann werden Sie verstehen, daß ich mich jetzt in einer unangenehmen Lage befinde. Sie sollten aber auch bedenken, daß die Patronenhülse noch nicht gefunden worden ist, und da die Kugel noch im Schädel des Toten sitzt und nur bei einer Autopsie entfernt und danach untersucht werden kann, ist es doch im Moment so, daß sie ebensogut aus einer Pistole wie aus einem Gewehr abgefeuert worden sein kann. Ist das nicht richtig?«

Tossa war die letzte, die begriff, worauf er hinauswollte. Hilflos schüttelte sie den Kopf, als könnte sie damit das Gefühl verscheuchen, einen beklemmenden Alptraum zu erleben.

»Keiner von uns hat eine Schußwaffe oder hat je eine besessen«, sagte Dominic schnell und ruhig. »Ganz gewiß kann Tossa gestern abend keine bei sich gehabt haben. Ich bin ihr auf Schritt und Tritt gefolgt.«

»Aber immer in sicherem Abstand. Und gewiß ist ein starkes Wort. Eine kleine Pistole läßt sich leicht verbergen.«

»Sie war niemals länger als ein paar Sekunden aus meinem Blickfeld.«

»Die wenigen Sekunden, als der Schuß fiel.«

»Aber das ist ja phantastisch!« rief Toddy wild. »Jetzt sagen Sie mir doch einmal, wie sie es fertiggebracht haben soll, eine Pistole mit sich herumzuschleppen, ohne daß meine Schwester es merkte? Wie hätte sie die Waffe überhaupt hier ins Land bringen sollen?«

»Aber, Mr. Mather! Wollen Sie wirklich behaupten, daß die Zollkontrolle derart gründlich war? Hat man denn in Rozvadov überhaupt Ihre Koffer geöffnet?«

Tossa hob die Hände und strich sich über die Schläfen und über die Wangen, als müßte sie sich vergewissern, daß sie wirklich in Fleisch und Blut auf diesem Stuhl in diesem Dienstzimmer saß.

»Aber ich habe noch nie in meinem Leben eine Pistole in der Hand gehabt. Nie in meinem Leben. Wenn Sie wirklich glauben, daß ich eine mithatte, wo ist sie dann jetzt? Was habe ich mit ihr gemacht?«

»Die Frage ist noch nicht beantwortet. Sie können die Waffe beispielsweise unmittelbar nach der Tat aus dem Fenster geworfen haben. Das wäre das natürlichste gewesen. Aber das Tal ist groß, und es war schon dunkel, als Sie die Kapelle verließen. Sie können die Waffe an allen möglichen Orten versteckt haben, Miss Barber. Ich hoffe, meine liebe Miss Barber, Sie werden einsehen, daß ich Sie unter diesen Umständen verhaften muß.«

In den nächsten Minuten war der Raum von erregten Gesprächen erfüllt. Tossa hockte stumm und benommen mitten im Sturm, zu müde, um Stimmen unterscheiden zu können, zu verwirrt, um Freund und Feind trennen zu können. Christine hatte den Arm um sie geschlungen und begleitete mit ihrem hellen Sopran kontrapunktisch Toddys wütendes Gekläff. Toddy entrüstete sich lautstark über Polizeistaaten und Verschwörungen, drohte mit der diplomatischen Intervention bis zu der Entsendung von Kanonenbooten. Tossa, einsam und verzweifelt, fiel plötzlich ein, daß die Tschechoslowakei nicht am Meer lag. Und sie lachte, sie lachte wirklich, doch niemand bemerkte es, außer vielleicht Ondrejow, der alles bemerkte, ob er das nun zeigte oder nicht. Er sah aus wie ein gutmütiger, schlauer Bauer und er saß hinter seinem Schreibtisch und ließ sie alle nach seiner Pfeife tanzen. Sie argwöhnte, daß er sich über Toddy ganz außerordentlich amüsierte. Ein Theater gab es in Liptovsky Pavol sicher nicht.

»Kommen Sie, mein Junge. Beruhigen Sie sich. Ich garantiere Ihnen, daß Miss Barber kein Haar gekrümmt werden wird. Wir werden gut auf sie aufpassen. Und da es auch für Sie zu spät ist, jetzt noch nach Zbojská Dolina zurückzufahren, werde ich Zimmer für Sie besorgen. Wir rufen die Hütte an und geben den Martineks Bescheid, daß Sie über Nacht hier bleiben.«

»Damit können Sie uns nicht abspeisen. Sie wissen genau, daß Sie kein Recht haben, Miss Barber festzuhalten. Sie sind der Beamte, der in diesem Fall die Untersuchung führt, Sie wird man dafür zur Rechenschaft ziehen.«

Bleich vor Wut stand Toddy zwischen Tossa und den Polizeibeamten. Dominic, versunken in Schweigen und Zweifel, blickte Ondrejow scharf an und wünschte, er könnte dessen Gedanken lesen. Doch das gutmütige Gesicht war eine undurchdringliche Fassade. Hatte er wirklich Tossa in Verdacht? Oder hatte vielleicht ein ganz anderes Motiv ihn zu diesem Schritt veranlaßt? In quälender Unschlüssigkeit neigte er bald zu der einen, bald zu der anderen Auffassung. Nur eines wußte er mit Sicherheit: Er mußte Tossa da herausholen. Toddy mochte sich gebärden wie ein Wilder, auf diese Weise würde er gar nichts erreichen. Wenn Ondrejow wirklich alles das gewesen wäre, wessen Toddy ihn bezichtigte, dann hätte er Toddy schon längst eines auf die Nase gegeben – mit allem Nachdruck.

»Ich die Ermittlungen führen? In diesem Fall?« Ondrejows blaue Augen weiteten sich wie die eines grenzenlos erstaunten Kindes. »Sie glauben, daß solche Fälle hier der Landpolizei überlassen werden? Nein, nein, ich warte auf die Leute von der Kriminalpolizei in Preßburg. Nur ihnen habe ich Rechenschaft zu geben. Deswegen bin ich gezwungen, Sie hier zu behalten, denn mir sind die Hände gebunden. Der Mann von Scotland Yard«, sagte er, erfreut über diesen

Einfall, »wird innerhalb von wenigen Stunden hier sein. Vor ihm können Sie Ihre Beschwerden vorbringen und Ihre Aussagen machen.«

»Dann verlange ich zumindest«, rief Toddy tapfer, obwohl er sich in die Enge getrieben sah, »daß die Britische Botschaft in Prag sofort darüber unterrichtet wird, daß Miss Barber hier festgehalten wird.«

»Die Britische Botschaft«, versetzte Ondrejow mit Wohlwollen, »ist bereits unterrichtet worden. Reine Formsache, Sie verstehen, da Mr. Welland ja britischer Bürger und Angehöriger der Botschaft war. Die Botschaft wird ferner informiert werden, daß Miss Barber hier ist und unter Mordverdacht in Haft genommen wurde. Spätestens morgen früh wird zweifellos jemand hier sein, um Ihre Interessen zu vertreten, und ich kann Ihnen schon jetzt versichern, daß ich dagegen keinerlei Einwendungen erheben werde.«

Toddy verstummte und starrte ihn an, verlegen, wie jemand der sich mit seinem ganzen Gewicht gegen eine unverschlossene Tür geworfen hat und platt auf die Nase gefallen ist.

»Im Grunde genommen«, bemerkte Dominic unvermittelt, »hat Tossa ja gar nichts zu befürchten.« Er wußte selbst nicht recht, ob er das zu ihr oder zu Ondrejow sagte. »Sobald die Kugel zur Verfügung steht, wird sich zeigen, daß sie mit der Sache nichts zu tun hat. Denn es wird eine Gewehrkugel sein.«

»Das«, meinte Ondrejow und musterte ihn mit nachdenklichem Blick, »ist eine sehr vernünftige Feststellung. Morgen sollten Sie alle in das hiesige Hotel ziehen, damit Sie in Miss Barbers Nähe sein können. Wenn Sie Gelegenheit haben, sich zu vergewissern, daß jemand da ist, der ihre Interessen wahrnimmt, dann würden vielleicht Sie, Mr. Felse, freundlicherweise mit dem Wagen nach Zbojská Dolina fahren, die Rechnung zahlen und das Gepäck abholen.«

Er sah immer noch aus wie ein gutmütiges Bäuerlein, doch es gab keinen Zweifel, daß dies ein Befehl war und daß er Gehorsam verlangte.

»Ich bin gespannt«, meinte Ondrejow wie in Gedanken, »wer hier auftauchen wird, um Miss Barber unter seine Fittiche zu nehmen.« Er lächelte geheimnisvoll und wiederholte vergnügt:

»Ja, ich bin sehr gespannt.«

8

Der Mann, der die Ermittlungen führte, traf gegen vier Uhr morgens in Liptovsky Pavol ein. Er hieß Kriebel und sah aus wie ein kluger, selbstsicherer, athletischer Schulmeister. Er stand in der Rangordnung zwei Dienstgrade höher als Ondrejow, war zwölf Zentimeter größer und fünfundzwanzig Jahre jünger. Mit einem prüfenden Blick schätzte er seinen Mann ab und setzte sich dann, lässig die Beine schwingend, auf die Kante des Schreibtischs. Diese Geste, die bestimmt war, auf zwar nonchalante Weise, aber dennoch entschieden das Verhältnis des einen Mannes zum anderen zu fixieren, beraubte gleichzeitig Ondrejow seines Lieblingsplatzes, ohne daß der Vorgesetzte ihn usurpiert hätte. Kriebel fand das taktvoll, Ondrejow fand es albern. Doch im Umgang mit jungen Männern, die ehrgeizig waren und gerade älteren Untergebenen gegenüber gern auf ihren höheren Dienstgrad pochten, besaß er Erfahrung und Geschick. Er führte sie, während er sie in dem Glauben ließ, daß sie ihn führten. Er hatte nie den Wunsch gehabt, zur Kriminalpolizei aufzusteigen. Und nicht nur deshalb, weil er dann Pavol hätte verlassen müssen. Er wußte, auf welchem Gebiet seine Begabung lag.

Er pflanzte sich auf seinen stämmigen Beinen vor Kriebel auf und erstattete Bericht. Die jungen Leute? Die waren längst in den Betten, die kleine Barber unten in der Zelle, die anderen im einzigen Hotel von Pavol. Ob sie schon amtliche Aussagen zu Protokoll gegeben hätten? Nein, er hatte es vorgezogen, auf die Beamten aus Preßburg zu warten. Es gelang ihm, durchblicken zu lassen, daß ihm ein bißchen unwohl gewesen wäre bei dem Gedanken, vier englische Studenten einem Verhör auf Herz und Nieren zu unterziehen. Das hätte internationale Komplikationen geben können. Er legte die Beweise gegen Tossa vor, malte sie in leuchtenden Farben aus und sorgte gleich wieder dafür, daß die Farbe ein wenig verblaßte, indem er andeutete, daß die Beweise vielleicht doch nicht ausreichten, um sie festzuhalten. Kriebel, der ihm mit zusammengezogenen Brauen zuhörte, fand den Ton einerseits zu gönnerhaft, andererseits zu zaghaft. Er gelangte zu dem Schluß, daß das Mädchen in Haft bleiben mußte.

»Und die anderen drei?« erkundigte sich Ondrejow mit einer Miene, die zeigte, daß er mit diesem Beschluß nicht einverstanden war. »Keiner von ihnen kann mit dem Mord etwas zu tun gehabt haben. Nur die kleine Barber hatte die Gelegenheit dazu. Ich nehme doch an, daß keine Notwendigkeit besteht, ihnen ihren Urlaub zu verpatzen. Wir können sie jederzeit in Zbojská Dolina erreichen, wenn Sie gebraucht werden sollten. Es ist nicht nötig, daß wir sie holen.«

»Im Gegenteil, ich halte es für wichtig, daß wir sie ständig im Auge behalten können. Ich schlage vor, wir bringen sie hier in der Stadt unter und überwachen sie wenigstens so lange, bis wir die Berichte vom Arzt und vom Spurensicherungsdienst erhalten haben. Dann werden wir besser wissen, was gespielt wird.«

Schön und gut: Ausländern gegenüber soll man tadellose Korrektheit und Höflichkeit walten lassen, doch schließlich trug Kriebel die Verantwortung – und hier ging es um Mord.

»Wie Sie meinen«, erwiderte Ondrejow mit so ausdrucksloser Miene, daß selbst ein Dummkopf hätte erraten müssen, was sich dahinter verbarg. »Dann ist es wohl am besten, wenn ich, nachdem Sie mit den Leuten gesprochen haben, den jungen Felse mit seinem Wagen wegschicke, um ihre Sachen zu holen.«

»Ja, tun Sie das«, antwortete Kriebel.

»Gewiß, Genosse Major, wie Sie meinen.« Ondrejow hatte erreicht was er wollte. »Ach übrigens, Genosse Major, ich habe die Britische Botschaft über die Lage des jungen Mädchens unterrichtet. Da die Botschaft von der Sache sowieso betroffen ist – der Tote war ja einer ihrer Leute –, hielt ich es für ratsam, gleich jeder möglichen Kritik in bezug auf Miss Barber die Grundlage zu entziehen. Ich hoffe, das habe ich recht gemacht. Es wird Sie natürlich in Ihrer Ermittlungsarbeit nicht beeinflussen«, beeilte er sich mit einer gelungenen Mischung aus Schmeichelei und Boshaftigkeit hinzuzufügen.

Tossa fuhr benommen aus tiefem, traumlosem Schlaf hoch, als man sie viel zu bald aus der Zelle holte. Doch sie war jetzt ganz ruhig. Sie war beinahe froh darüber, daß man sie von den anderen getrennt hatte; sie allein mußte mit der Last fertigwerden, die sie sich aufgebürdet hatte. Anteilnahme und gute Ratschläge hätten sie nur verwirrt. Sie wußte jetzt ganz genau, was sie zu tun hatte, obwohl sie bewußt eigentlich gar nicht darüber nachgedacht hatte. Am vergangenen Abend war es ihr sinnlos erschienen, ihre erlogene Geschichte zu korrigieren, da Mirek alle Lügen aufgedeckt hatte. Jetzt erschien es ihr wichtig, selbst so ausführlich wie es ihr möglich war, zu berichten. Es gab noch immer Dinge, über die sie nicht sprechen konnte; doch wenn sie zugab, daß sie nicht an einen Unfall ihres Stiefvaters geglaubt hatte, daß sie auf eigene Faust Erkundigungen einziehen wollte, so wurde dadurch das Marrion Institute gar nicht in diese Affäre einbezogen. Keine Lügen diesmal. Wahrheit, nichts als die Wahrheit, wenn auch nicht die ganze Wahrheit. Es würde ihr vielleicht nicht aus der Patsche helfen, aber es würde ihr helfen, mit sich selbst ins reine zu kommen.

»Ich möchte eine Aussage machen«, sagte sie, als Ondrejow kam, um sie zum Kaffee zu holen.

»Das dürfen Sie gleich tun, aber nicht vor mir. Und beeilen Sie sich nur nicht so sehr.« Er musterte sie mit scharfsichtigen, nachdenklichen Augen. »Trinken Sie ruhig erst Ihren Kaffee. Zeit haben wir genug.«

Sie schüttelte den Kopf. Merkwürdig schien ihr diese Einstellung.

»Der Mann von Scotland Yard ist also gekommen?« fragte sie mit einem flüchtigen, blassen Lächeln.

»Ja, und er ist nicht der einzige, der gekommen ist. Heute morgen sind drei Herren eingetroffen, die Ihnen helfen wollen.«

»Gleich drei?« Sie war beeindruckt und ein wenig belustigt, sogar etwas neugierig. Doch sie wollte ihm keine Fragen stellen. »Ich glaube, das können sie gar nicht«, meinte sie nach kurzem Nachdenken. »Mir kann erst geholfen werden, wenn Sie die Kugel gefunden haben.«

»Stimmt«, bestätigte Ondrejow. »Ich glaube auch nicht, daß sie Ihnen helfen können.«

»Wie geht es den anderen? Kann ich mit ihnen sprechen?«

»Es geht ihnen gut, und Sie werden selbstverständlich mit Ihnen sprechen können.«

Sie saßen schon im Vorzimmer, als er ihr die schmale Treppe hinauf folgte und ihr die schwere braune Tür öffnete. Mit geröteten Augen, abgespannt nach einer schlaflosen Nacht, saßen sie da und warteten darauf, vernommen zu werden. Ihre Augen leuchteten auf, als sie sie sahen, und Dominic sprang von seinem Stuhl auf. Doch ehe sie ein Wort wechseln konnten, öffnete sich die Tür zum Nebenzimmer und Kriebel streckte den Kopf heraus.

»Hier herein bitte, Miss Barber.«

Sie warf einen schnellen Blick zu Dominic hinüber, und einen Moment lang starrten sie einander hilflos an. Dann ging sie gehorsam in das anschließende Zimmer, und Ondrejow folgte ihr und schloß die Tür.

»Miss Barber, mein Name ist Kriebel. Ich leite die Ermittlungen. Bitte nehmen Sie Platz.«

Der Stuhl, den man ihr hingerückt hatte, stand vor einem großen Tisch im Licht, das durch das Fenster gegenüber fiel. Der Rest des Raums wirkte im Vergleich beinahe düster. Dieses Büro war größer als das schäbige Vorzimmer, das Ondrejow bevorzugte. Sie sah die Männer in Zivil, die im Zimmer waren, doch sie hielt sie für Kriminalbeamte.

»Ich möchte eine Aussage machen.«

Prompt, als hätte sie eine Alarmsirene betätigt, traten die Retter auf den Plan. Drei waren es, wie Ondrejow gesagt hatte, und alle drei waren in dem Moment, als sie sich bewegten und ihr Augenmerk auf sich zogen, unfehlbar als Engländer zu erkennen. Und alle drei geboten ihr zu schweigen und abzuwarten.

»Miss Barber, ich würde Ihnen empfehlen, sich sorgfältig zu überlegen, in was für einer Situation Sie sich befinden, und nichts Übereiltes zu tun.«

»Wir sind hier, um Ihre Interessen wahrzunehmen, Miss Barber.«

Der erste war ein Mann mittleren Alters von untadeliger Erscheinung, mit einem glatten Gesicht, grauhaarig, rundlich und behende; der zweite war ein hochaufgeschossener junger Mann mit lässigen Bewegungen und einem gutgeschnittenen, hochmütigen Gesicht, das an ein Rassepferd erinnerte. Der dritte, der an seinem Platz geblieben war und bisher nichts gesagt hatte, sah aus, als wäre seine Besorgnis ehrlicher als die der anderen, als könnte er auch mehr erreichen als die anderen. Er wirkte vielleicht noch typischer englisch als die anderen, aber auf eine Art, die besser hierher paßte, wo die Felder nur einen Steinwurf entfernt waren und die Gipfel der Berge sich draußen vor dem Fenster vom blauen Himmel abhoben. Er war ein älterer Mann, groß und ziemlich mager, mit dunklem Haar, das an den Schläfen grau zu werden begann, und einem gutaussehenden, jugendlich wirkenden Gesicht, das einem pensionierten Offizier oder einem hohen Beamten hätte gehören können. Er trug eine helle Cordhose und eine Tweedjacke, die ausgebeult war vom langen Tragen und an den Ellbogen mit Lederflecken besetzt.

Keinen von ihnen hatte sie je in ihrem Leben gesehen; aber sie waren natürlich für alle möglichen verlaufenen Lämmer zuständig. Kein Wunder, daß der kleine Rundliche sie so indigniert ansah. Als wäre es nicht genug, daß ein Attaché der Britischen Botschaft sich hatte ermorden lassen, mußte auch noch eine englische Studentin sich unter dem Verdacht festnehmen lassen, ihn erschossen zu haben.

»Ich bitte um Entschuldigung, Major Kriebel. Miss Barber sollte auf ihre Rechte aufmerksam gemacht werden, und man sollte ihr Zeit zum Nachdenken lassen. Mir ist natürlich klar, daß Ihre Aufgabe keinen Aufschub duldet, aber gestatten Sie, daß ich einige Worte mit ihr spreche, ehe Sie mit dem Verhör beginnen?«

»Unter allen Umständen. In meinem Beisein natürlich, im gegenwärtigen Stadium, aber ich versichere Ihnen, daß Sie ganz ungehindert sprechen können. Miss Barber, diese Herren kommen von der Britischen Botschaft in Prag. Sie sind hergekommen, um in dieser unglückseligen Angelegenheit Ihre Interessen wahrzunehmen. Bitte, Herr Rechtsanwalt.«

»Mein Name ist Charles Freeling«, sagte der Anwalt, »ich bin Rechtsberater bei der Botschaft. Dieser Herr ist Adrian Blagrove, der uns bei der Vorbereitung gewisser technischer Unterlagen hilft, die im Zusammenhang mit den Beratungen über ein Handelsabkommen übersetzt werden müssen. Ich habe ihn mitgebracht, weil er mit Ihrem verstorbenen Stiefvater eine Zeitlang zusammengearbeitet hat und Ihnen natürlich helfen möchte, wenn ihm das möglich ist. Und hier«, er deutete auf den Mann im Tweedsakko, der jetzt mit einem kurzen, warmen Lächeln vortrat, »ist Sir Broughton Phelps, dessen Name Ihnen gewiß bekannt ist. Sir Broughton hielt sich zufällig in seinem Urlaub in den Karpaten auf. Ich erlaubte mir, ihn zu unterrichten, als ich von Ihrem Dilemma hörte.«

Ja, das wenigstens war ein Name, den sie kannte. So, der Direktor des Marrion Resarch Institute war also ›zufällig‹ im Urlaub hier! Und hatte sie nicht den anderen Namen auch schon einmal gehört? Hatte nicht Robert Welland erwähnt, daß Adrian Blagrove der neue Leiter der Sicherheitsabteilung im Marrion Institute war? Der Mann, der Herbert Terrells Posten übernommen hatte? Und plötzlich tauchte er hier auf, um ›bei der Vorbereitung technischer Unterlagen zu helfen, die übersetzt werden müssen‹.

Diese Erkenntnis war für sie ein Schock, doch sie war sogleich gewappnet. Diese Männer sollten hergekommen sein, um ihre Interessen wahrzunehmen? Sie waren einzig und allein hergekommen, in höchster Eile hergekommen, um sicherzustellen, daß sie nichts verriet. Abgesehen davon würden sie gewiß ihr ganzes diplomatisches Geschick einsetzen, um ihr zu helfen.

»Ihr Stiefvater hat bei mir gearbeitet, mein Kind.« Sir Broughton nahm ihre Hand und blickte mit seinem warmen, besorgten Lächeln auf sie nieder. »Es wäre mir die größte Freude, wenn ich Ihnen helfen könnte. Mr. Freeling hat fast die ganze Nacht versucht, mich zu erreichen, aber es gelang ihm erst heute morgen, mit mir Verbindung aufzunehmen. Ich war unten in der Gegend bei Topolcianky beim Fischen. Sie brauchen sich keine Sorgen zu machen, mein Kind. Sie haben doch nichts Unerlaubtes getan, nicht wahr? Dann brauchen Sie nur ganz vernünftig Ihre Geschichte zu erzählen und ein wenig Vertrauen zu den Behörden zu haben.«

Eine wunderschöne Trostrede, doch sie verstand die Warnung, die darin enthalten war.

»Es war sehr nett von Ihnen allen«, bemerkte sie pflichtschuldigst, »mir so schnell zu Hilfe zu kommen. Sie mußten doch sicher die ganze Nacht fahren.«

»Blagrove und ich sind heute in aller Frühe nach Poprad geflogen«, erklärte Freeling. »Sir Broughton kam mit dem Wagen aus Topolcianky. Wir waren froh, daß man uns so prompt vom Tod des armen Welland und von Ihrer mißlichen Lage unterrichtete, und wir sind Major Kriebel sehr dankbar, daß er uns gestattete, gleich mit Ihnen zu sprechen. Also, die Hauptsache ist, daß Sie in aller Ruhe überlegen und nichts überhasten. Sie müssen an Ihre Rechte denken und auch an Ihre Verpflichtungen. Keiner kann eine Aussage von Ihnen verlangen, darauf wollte ich Sie nur hinweisen.«

»Es hat auch niemand eine verlangt«, erwiderte sie, »aber ich möchte aus freien Stücken eine Aussage machen. Ich habe Leutnant Ondrejow verschiedenes erzählt, was nicht der Wahrheit entsprach. Das möchte ich jetzt berichtigen.«

Sie sagte, so schien es, genau das, was sie nicht hätte sagen sollen. Alles war verkehrt, nur ihre Feinde freuten sich, besonders Ondrejow, der sie anstrahlte, daß seine Augen in dem ziegelroten Gesicht nur so blitzten. Die Delegation von der Botschaft gab sich krampfhaft wohlwollend. Selbst Sir Broughton, der menschlichste der drei, blickte sie mit mahnendem Stirnrunzeln an.

Das Schweigen der Genugtuung und der Fassungslosigkeit wurde jäh unterbrochen von einer lauten, fordernden Stimme im Vorzimmer. Tossa spitzte die Ohren und wandte sich dann mißtrauisch an Ondrojow.

»Das ist noch jemand für mich«, sagte sie. »Ich kenne ihn. Er – er ist ein Bekannter meiner Mutter.« Wie hätte sie diesen Leuten, die, wenn sie von Terrell sprachen, noch den Trauerton anschlugen, sagen können: ›Er ist der zukünftige Mann meiner Mutter‹?

Ondrejow stand auf und ging ins Vorzimmer. Gleich darauf kehrte er mit unbewegtem Gesicht zurück, in Begleitung eines breitschultrigen, offensichtlich ärgerlichen Mannes im dunklen Anzug. Wie ein wütender Habicht stürzte er sich auf Tossa.

»Lieber Himmel, Mädchen«, rief Paul Newcombe, »was machst du denn für Sachen? Da ruft mich aus heiterem Himmel deine Mutter in Wien an und erklärt mir, sie hätte von einem gewissen Welland erfahren, daß du dich in der Gegend herumtreibst, wo der arme Herbert abgestürzt ist, und ob ich bitte so lieb sein würde, festzustellen, was du eigentlich vorhast und dir mitzuteilen, daß du die Hände davon lassen sollst. Und als ich dann schließlich das gottverlassene Nest gefunden hatte, dessen Namen sie mir angegeben hatte, da mußte ich erfahren, daß du mit deinen Freunden nach hier übersiedelt bist. Hierher aufs Polizeirevier! Was, zum Teufel, geht hier vor?«

Tossa war bleich und verstört. Alles würde wieder von vorn anfangen. Einer war schlimmer als der andere. Sie würde diesen Menschen genauso verachten wie sie Terrell verachtet hatte; es gab kein Entrinnen. Sie starrte an der massiven Gestalt vorbei auf die beiden Slowaken, die dem Auftritt mit nachdenklichem Interesse gefolgt waren.

»Major Kriebel, das ist Mr. Newcombe. Er ist nicht mit mir verwandt, aber er ist der Freund meiner Mutter. Er fühlt sich anscheinend verantwortlich für mich. Mr. Newcombe, ich wollte gerade eine Aussage machen. Die dürfte alle Ihre Fragen beantworten. Und wenn es Major Kriebel und Leutnant Ondrejow paßt, dann möchte ich die Aussage jetzt machen.«

»Bitte, bitte.« Kriebel hatte einen raschen Blick mit Ondrejow getauscht. »Meine Herren, wenn Sie Miss Barber jetzt ohne Unterbrechung sprechen lassen, dann können Sie hier bleiben. Das ist ein Zugeständnis, das ich nicht zu machen brauche, aber ich mache es.« Ondrejows unzugängliche Miene und seine leicht gehobenen Brauen waren beredt. Wie Sie wollen, sagten sie. Sie schaufeln sich damit das eigene Grab. »Genosse Leutnant, würden Sie Miss Barbers Aussage mitschreiben, bitte?«

»Der Grund, weshalb ich gestern abend die Unwahrheit sagte und auch Mr. Felse dazu überredete zu lügen, obwohl er mir abriet, war, daß ich Angst hatte, noch tiefer in die Sache hineingezogen zu werden, wenn ich die Wahrheit sagte. Ich dachte, ich könnte Ihnen alle notwendigen Einzelheiten über Mr. Wellands Tod mitteilen, ohne eingestehen zu müssen, daß ich selbst aus einem ganz bestimmten Grund hierhergekommen bin. Ich überredete meine Freunde, ebenfalls hierherzufahren und den Urlaub hier mit mir zu verbringen, weil mein Stiefvater in Zbojská Dolina umgekommen war und ich nicht daran glaubte, daß es ein Unfall war. Ich wollte mir das Gebiet selbst ansehen. Mr. Welland traf ich, als ich auf Urlaub in London war. Wir sprachen über den Tod meines Stiefvaters, und er versprach mir, sich persönlich um die Sache zu kümmern. Aber ich wollte trotzdem herkommen. Das habe ich ihm nicht gesagt, und er hatte keine Ahnung davon, bis er uns in Zilina begegnete, als wir auf der Fahrt hierher waren. Offensichtlich hat es ihm nicht gepaßt, daß ich hergekommen war, sonst hätte er sicher nicht meine Mutter verständigt.«

Sie erzählte es genau so, wie Dominic am vergangenen Abend vorgeschlagen hatte, bekannte aufrichtig, daß Welland sie angerufen und sich mit ihr verabredet hatte, schilderte in aller Einzelheit die Umstände seines Todes. Doch alles, was das Marrion Institute betraf, die Frage der nationalen Sicherheit, die Flucht von Karel Alda, mußte weiterhin verschwiegen werden, und deshalb mußten auch Wellands letzte rätselhafte Worte der Zensur zum Opfer fallen. Hatten sie denn überhaupt eine Bedeutung gehabt? Sie ließen sich nicht aus ihrem Gedächtnis verbannen, doch sie wußte nicht, wie sie auszulegen waren.

Es stand zuviel auf dem Spiel. Dort saß der Direktor des Forschungsinstitutes, hörte ihr mit besorgter und teilnahmsvoller Miene zu, während sein hypnotischer Blick ihr befahl, zu schweigen, selbst wenn es ihren Tod bedeuten sollte. Und der Leiter der Sicherheitsabteilung musterte sie mit vorsichtiger Beifälligkeit, als sie, sorgsam sich vorantastend, jede Erwähnung des Unternehmens umging, das er vertrat. Sie spürte es, als sie aufatmeten. Verglichen mit den geheimen Plänen und Aktivitäten, die sie zu schützen hatten, waren Tossa Barber und Robert Welland gleichermaßen entbehrlich.

Ondrejow schrieb ihre Angaben nieder und tippte dann sofort das Protokoll auf der Maschine im Vorzimmer. Keiner versuchte sie zu hindern, ihre Unterschrift darunter zu setzen, als er ihr das Papier vorlegte. Sie waren unendlich erleichtert über den Inhalt der Aussage. Ihr persönliches Dilemma war im Vergleich kaum von Belang. Doch mit ermutigenden Blicken gaben sie ihr zu verstehen, daß sie als Gegenleistung für ihre Dienste ihr helfen würden.

»Es tut mir nur so entsetzlich leid um Robert Welland«, sagte sie plötzlich. Ihre Stimme klang wie ein stummer Protestschrei.

»Natürlich, natürlich. Das geht uns allen so. Aber ich bin überzeugt, daß die Angelegenheit schnellstens aufgeklärt werden wird«, versicherte Freeling beschwichtigend. »Mir kommt da eben ein Gedanke, Major. Da Ihre Räumlichkeiten hier in Pavol recht unzulänglich sind und da es doch reichlich umständlich wäre, Miss Barber an einen anderen Ort zu bringen, würde ich vorschlagen, daß sie Miss Barber bis auf weiteres auf freien Fuß setzen. Ich verbürge mich selbstverständlich für sie. Sie wird jederzeit zu Ihrer Verfügung stehen und wird keinesfalls den Ort verlassen«.

»Ich kann mir kaum vorstellen«, bemerkte Sir Broughton Phelps trocken, »daß ein solcher Vorschlag auch nur in Erwägung gezogen werden kann, wenn er von Ihrer Dienststelle kommt. Ich jedoch, der ich die größte Achtung vor Miss Barbers Stiefvater hatte, wäre nur zu gern bereit, meinen Urlaub zu opfern und hierzubleiben, wenn Sie *mir* gestatten, die Verantwortung für Miss Barber zu übernehmen. Und natürlich auch für ihre Freunde, wenn diese auch, soweit ich unterrichtet bin, nicht in Haft sind.«

Paul Newcombe plusterte sich kampflustig auf.

»Ich vertrete Mrs. Terrell hier, und wenn Tossa auf freien Fuß gesetzt werden kann, dann werde ich mich um sie kümmern.«

Ondrejow summte leise vor sich hin. Er sah wohlgefällig und zufrieden aus wie ein satter Säugling.

»Miss Barbers Freunde können sich innerhalb von Liptovsky Pavol frei bewegen, wenn ich ihnen auch leider nicht gestatten kann, den Ort zu verlassen. Miss Barber jedoch bleibt vorläufig unter meiner Obhut«, entschied Kriebel. »Sie haben selbst gehört, warum wir es für notwendig halten, sie in Haft zu halten. Diese Gründe sprechen für sich selbst. Nur Miss Barber besaß die Gelegenheit, den Mord zu verüben, jedenfalls nach allem, was wir bisher wissen. Deshalb können wir sie nicht auf freien Fuß setzen. Ich muß meine Pflicht tun.«

Diesen Moment suchte sich Ondrejow aus, um zu seinem Vorgesetzen aufzublicken und ganz harmlos zu sagen: »Vielleicht könnten wir als nächstes gleich die Aussage des jungen Mr. Felse zu Protokoll nehmen, Genosse Major. Dann kann ich ihn zur Riavka Hütte schicken, um die Sachen zu holen, während wir die Aussagen der beiden anderen jungen Leute aufnehmen. Sie brauchen ja ihre Kleider und Toilettenartikel.«

»Gewiß«, stimmte Kriebel zu. »Rufen Sie ihn herein. Und Sie, meine Herren, wenn Sie bleiben wollen ...«

Warum dieses generöse Angebot? wunderte sie sich. Nicht, weil er es ihnen schuldig war, nicht weil er sich dazu verpflichtet fühlte oder bedrängt; im Gegenteil, er schien sich mit jeder Sekunde wohler zu fühlen. Er wollte ihre Reaktion sehen, ob sie die Gelegenheit beim Schopf packen würde sich zu vergewissern, daß Dominics Bericht mit dem von Tossa übereinstimmte; und er wollte ihre Reaktion beobachten, falls sich Diskrepanzen ergeben sollten.

Drei der Männer zeigten vorsichtige, aber merkliche Erleichterung.

»Das ist sehr entgegenkommend von Ihnen«, sagte Freeling. »Wir haben diesen jungen Leuten gegenüber eine Verpflichtung. Wir bleiben gern, danke.«

Nur Paul Newcombe stand auf, groß und schwer, den Kopf gesenkt wie ein gereizter Stier.

»Meine Pflicht ist es, mich um Miss Barber zu kümmern. Verstehe ich recht – sie bleibt in Haft?«

»Leider ja«, antwortete Kriebel kühl.

»Ich darf Sie vielleicht darauf aufmerksam machen, daß ich noch keine Gelegenheit gehabt habe, mit ihr zu sprechen und daß ich auf ausdrücklichen Wunsch ihrer Mutter hergekommen bin. Kann ich mich nun wenigstens eine Viertelstunde mit ihr unterhalten?«

»Wenn Sie jetzt mit ihr hinuntergehen«, erwiderte Kriebel »können Sie selbstverständlich mit ihr sprechen.«

Paul war so überrascht, daß sein Gesicht sogar einen

Schimmer von Dankbarkeit zeigte. Diese Korrektheit war beinahe übertrieben. Auch Tossa war über so viel Großzügigkeit verwundert. Erst als man sie aus dem Zimmer in ihre Zelle zurückführte, begriff sie. Der Beamte in Zivil, der ihnen die Tür öffnete und ihnen in die Zelle folgte, war Miroslav Zachar. Wenn Paul etwas von Interesse zu sagen hatte, so würde das nicht geheim bleiben.

Ondrejow führte Dominic ins Büro und spitzte mit einem breiten, zufriedenen Lächeln seinen Bleistift.

Die Zwillinge, stumm vor Nervosität, wurden gemeinsam in Kriebels Büro geführt, und Dominic ging, von Ondrejow begleitet, die Treppe hinunter. Er hatte das Gefühl, auf Eiern zu gehen oder auf einem nicht straff gespannten Seil zu balancieren. Er hatte keine Ahnung, ob er das richtige gesagt hatte, als er drinnen unter dem wachsamen Auge der drei besorgten Engländer seine bruchstückhafte Aussage gemacht hatte, die nur einen Teil der Wahrheit enthalten hatte. Er wußte nicht einmal, wer sie waren, diese drei, die so aufmerksam an seinen Lippen gehangen hatten. Sie konnten doch nicht alle von der Botschaft sein, oder?

Der VW-Bus stand vor dem Hotel Slovan, einem kleinen, schäbigen Giebelhaus.

»Fahren Sie vorsichtig«, sagte Ondrejow. »Sie kennen die Straße?«

»Ja, ich kenne die Straße. Ich bin doch gestern abend hergefahren.«

»Am besten essen Sie drüben auch gleich. Zeit haben Sie. Und fahren Sie auf dem Rückweg unbedingt durch. Verstanden? Halten Sie auf keinen Fall an, fahren Sie durch und trödeln Sie nicht. Ihre Freunde werden Sie hier erwarten«, fügte Ondrejow beruhigend hinzu. »Machen Sie sich ihretwegen keine Sorgen. Es geschieht ihnen nichts. Auch Miss Barber nicht. Ich gebe auf sie acht.«

»Wer war eigentlich der andere?« fragte Dominic unvermittelt. »Der mit Tossa hinausgegangen ist?«

»Sie kennen ihn nicht? Ein Mr. Newcombe. Er scheint der Meinung zu sein, er müßte an Miss Barber Vaterstelle vertreten. Ich denke mir, daß ihre Mutter beabsichtigt, ihn zu heiraten.«

»Ach so!« Er stieg in den Wagen und steckte den Zündschlüssel ein. Der Motor heulte auf. »Sie ist doch nicht allein, nicht wahr?« fragte er. Er sah plötzlich ganz klar. »Sie wird doch nicht alleingelassen?«

»Nein, sie wird keinen Augenblick allein sein. Ich habe selbst zwei Töchter, mein Junge. Und ich habe eine kleine Enkelin. Sie können ganz beruhigt sein.«

Der Wagen holperte über das Kopfsteinpflaster und verschwand. Hinter Ondrejow tauchte Mirek Zachar auf.

»Ich kann den Jungen schon im Auge behalten«, versicherte er, während er seinen Sturzhelm zuschnallte. »Ich kenne die Straßen besser als er. Und Sie warten an der Kurve bei Kral?«

»Ich oder ein anderer. Wenn etwas schiefgeht, dann rufen Sie sofort an.«

»Natürlich«, versprach Mirek und schwang sich auf seine Jawa.

»Wenn Sie ihn verlieren«, brüllte Ondrejow, um das Geknatter des Motorrads zu übertönen, »ziehe ich Ihnen das Fell über die Ohren.«

9

Jetzt, wo er allein war, konnte er nachdenken; es gab vieles, worüber er nachdenken mußte. Eines wußte er mit Gewißheit – alles lastete jetzt auf ihm. Mochten sie aus allen Richtungen herbeieilen, um Tossa zu helfen; verantwortlich für sie waren nur sie selbst und Dominic, sonst niemand. Und Tossa saß in einer Gefängniszelle, unfähig, etwas zu unternehmen; blieb also nur Dominic.

Wellands Ermordung mußte einen Sinn haben. Keinesfalls, dessen war Dominic sicher, war das die sinnlose Tat eines Irren. Daher mußte er, wenn alle Tatsachen ihm vorlagen, imstande sein, den Sinn zu entdecken; doch da er nicht alle Tatsachen zur Hand hatte, mußte er zunächst versuchen, die Lücken durch logische Schlußfolgerungen zu schließen.

Mit einer Tatsache galt es zu beginnen: Es gab jemanden, der sich nicht scheute zu töten, um sicher sein zu können, daß jene Menschen, die Karel Alda aus seiner Zeit in England kannten, auf keinen Fall mit ihm Verbindung aufnehmen würden. Sowohl Terrell als auch Welland waren ums Leben gekommen, sobald sie Aldas Spur aufgenommen hatten; und beide waren in diesem engen, kleinen Tal umgekommen. Deshalb war anzunehmen, daß Alda sich in eben diesem Tal aufhielt.

War aber nun aus diesen Umständen unbedingt zu schließen, daß Alda selbst getötet hatte? Dominic scheute davor zurück, diese Frage zu bejahen. Wenn Alda und seine Arbeit für dieses Land von so lebenswichtiger Bedeutung waren und mit allen Mitteln vor Entdeckung geschützt werden mußten, dann war es weit wahrscheinlicher, daß die Morde von Fachleuten ausgeführt worden waren, die in der edlen Kunst des Tötens Erfahrung besaßen, während man das Genie ungestört seiner Arbeit überlassen hatte. Diese Überlegungen basierten auf der Annahme, daß es hier tatsächlich um die nationale Sicherheit ging. Wenn die Morde hingegen aus persönlichen Motiven verübt worden waren, dann konnte man annehmen, daß Alda selbst Hand angelegt hatte, um dafür zu sorgen, daß er in Ruhe gelassen wurde.

Gleichgültig, ob nun das eine oder das andere zutraf: Wenn die Geheimhaltung von Aldas Aufenthalt so ungeheuer wichtig war, dann ergab sich daraus die nächste Überlegung ganz von selbst. Denn die Person, die Welland erschossen hatte, hatte bei dieser Gelegenheit auch Dominic aufs Korn genommen. Der Mörder wußte, daß ein Zeuge seine Tat beobachtet hatte; er wußte wahrscheinlich sogar, daß es zwei Zeugen gewesen waren, wußte vielleicht auch, wer sie waren. Er konnte nicht wissen, ob Welland Zeit geblieben war, sein Geheimnis diesen Zeugen preiszugeben, ehe er den Tod gefunden hatte, und er konnte es sich nicht leisten, ein Risiko einzugehen. Dominic und Tossa waren eine Gefahr für ihn. Sie mußten beseitigt werden. Wenn er hinreichend informiert war, dann mußte Tossa sein erstes Ziel sein. Doch Tossa saß in einer Gefängniszelle, war für ihn nicht greifbar. Und wer hatte das besorgt? Ondrejow, dieser undurchschaubare, scheinbar so einfältige Bauersmann.

War Tossa wirklich in Haft, weil er sie verdächtigte? Oder weil er sie aus Sorge um ihre Sicherheit nicht auf freien Fuß setzen wollte?

So oder so, das nächste Ziel des Mörders mußte dann Dominic Felse sein; und Dominic Felse saß nicht in einer Zelle, er saß hier im VW-Bus und fuhr allein die Bergstraße entlang.

Gab es sonst noch eine Tatsache, die als Grundlage dienen

konnte? Ja, die wenigen Worte, die Robert Welland gesprochen hatte, ehe er gestorben war. Tossa hatte sie ihm wiederholt. ›Aber er kann es nicht gewußt haben – niemand sonst hat es gewußt.‹ Und dann, ärgerlich: ›Unmöglich!‹ Man konnte fast mit Sicherheit davon ausgehen, daß Welland überzeugt gewesen war, Alda hätte Terrell getötet. Deshalb mußte Alda der ›er‹ gewesen sein, der nicht gewußt haben konnte, daß Welland ihn gefunden hatte. Und dann ›Unmöglich!‹ Was, in Wellands Augen, war unmöglich gewesen? Doch gewiß nicht, daß Alda versuchen sollte, ihn zu töten; damit hätte er aufgrund seiner eigenen Theorie rechnen müssen.

Er hatte die Kurve erreicht, wo nach rechts der ausgefahrene Pfad abzweigte, der nach Zbojská Dolina hineinführte. Der kleine Bus nahm die Kurve und kroch dann die Steigung empor. Anderthalb Kilometer weiter tauchte wie ein Pilz plötzlich das flachgiebelige Dach der Riavka Hütte aus dem Grün der Wiesen auf.

Irgendwie war er zu einer vollkommen unerwarteten Schlußfolgerung gelangt. Ganz gleich, wie er die Tatsachen drehte und wendete: Seine Überlegungen endeten immer am selben Punkt. In einer Wirrnis von Geheimniskrämerei und Argwohn hatten sie auf einen Menschen Jagd gemacht, ohne jemals seinen Namen auszusprechen, ohne jemals nach ihm zu fragen, ohne jemals daran zu denken, daß er vielleicht gar nicht wußte, daß sie ihn suchten. Nie war ihnen der Gedanke gekommen, daß er sich vielleicht gar nicht versteckte, daß er ihnen vielleicht gar nicht bewußt aus dem Weg ging, daß er sie vielleicht einfach nicht bemerkt hatte, weil sie viel zu überzeugt gewesen waren von ihrer eigenen Schlauheit, um sich dazu herabzulassen, sich den Weg zu ihm zeigen, ihn für sich selbst sprechen zu lassen.

Er wußte immer noch nicht, was er tun würde, als er den Wagen vor der Hütte anhielt. Er wußte nur, daß keine Zeit mehr blieb, wie die Katze um den heißen Brei zu schleichen. Die Polizei würde Tossa kaum länger festhalten können, wenn sich herausstellte, daß die Kugel, die Welland getötet hatte, aus einem Gewehr stammte. Und wie lange würde das noch dauern? Höchstens einen Tag.

Er mußte sofort etwas unternehmen; er mußte die Lösung finden. Er mußte mit Karel Alda sprechen.

Die Martineks waren ein wenig befangen, aber herzlich. Dana half ihm, die Sachen der Mädchen zu packen, und ihr Bruder lud das Gepäck in den Wagen, während Dominic das Mittagessen verzehrte, das Frau Martinek ihm zubereitet hatte. Er zahlte die Rechnung, und Dana, Botschafterin der Familie, ging mit ihm hinaus, um ihm auf Wiedersehen zu sagen. Doch die Befangenheit war noch immer da, und sie setzte ihre Worte achtsam. Er konnte ihr keinen Vorwurf daraus machen. Kein Mensch sieht sich gern in Verbrechen, vielleicht sogar Landesverrat, verwickelt. Wenn er ihr jetzt die Fragen gestellt hätte, die er zu Anfang hätte stellen sollen, sie hätte ihm nicht geantwortet.

Er steuerte den Wagen so weit den Pfad hinunter, daß er von der Hütte aus nicht mehr gesehen werden konnte, fuhr ihn an einer ebenen Stelle unter die Bäume am Wegrand und ließ ihn dort stehen. Dann schlug er einen weiten Bogen um die Riavka Hütte und erstieg die Höhe.

Es war kurz nach ein Uhr, der Tag war warm und klar, ein leichter Wind machte das Wandern angenehm. Weit und breit rührte sich nichts, alles war still und verlassen. Gemächlich stieg er zur oberen Mulde hinauf, wo die Hütten sich am Rand des leuchtend grünen Sumpfgrases zusammendrängten. Auch hier war alles still. An einem solchen warmen und ruhigen Nachmittag waren Tiere und Menschen oben auf den hochgelegenen Almen.

Er kletterte langsam, ohne sich anzustrengen, schräg am Hang hinauf, als er eine Herde kastanienbrauner Ziegen hoch über sich einen Bergpfad entlanglaufen sah, hinüber zu den aufragenden Felsen des nördlichen Gipfels. Ein Stück unter ihm lag eine einsame Hütte, die höchstgelegene im Tal; vor ihm befand sich der gefurchte Grashang und jenseits die lange, graue Narbe der Felsrinne, durch die Geröll und Felsbrocken aus der Höhe hinunterstürzten auf die Schutthalde. Er stand auf gleicher Höhe mit der Oberschicht der Halde, keine fünfzig Meter von der Stelle entfernt, wo überschüssiges Gestein ins Gras gerollt war. Von hier aus sah sie gar nicht so schreckerregend, gar nicht so steil aus. Sie sah beinahe aus wie ein rauher, unregelmäßig verlaufender Pfad, ähnlich wie der oben, aber drei Meter hoch mit losem Gestein aufgeschichtet. Der Schaftrieb, auf dem er stand, führte zu ihr hin und wandte sich dort nach rechts, um eine Treppe ausgewaschener Felsstufen zu erklimmen.

Und hoch über ihm strebten die kastanienbraunen Ziegen, geführt von der hochgewachsenen Gestalt ihres Hirten, dem Gipfel zu. Dem einzigen Hirten in Zbojská Dolina, den er noch nicht aus der Nähe gesehen hatte!

Dominic legte die Hände wie eine Muschel um den Mund und schickte einen langen Jodler den Berg hinauf. Die Ziegen sprangen weiter, ohne sich stören zu lassen. Der Mann blieb stehen, volle zwei Sekunden später, als wäre der Ruf eben erst zu ihm aufgestiegen, und ließ den Blick ruhig über das Tal zu seinen Füßen schweifen. Dominic hob den Arm und winkte, und der Mann oben winkte zurück, ehe er sich umdrehte, um weiter bergauf zu steigen.

Er würde gehen. Nichts konnte ihn halten. Nur fünfzig Meter Anstieg noch, dann würde er über den Paß verschwinden. Und selbst wenn Dominic ihn verfolgte – würde er ihn wiederfinden?

Zum Nachdenken blieb ihm keine Zeit. Er wußte nur, daß er ohne Zögern handelte. Er hatte den steinigen Rand der Halde erreicht. Er hastete weiter, über den Pfad hinaus, der hier einen Knick machte, hinauf zu dem unwegsamen Feld aus Geröll und Felsbrocken. Es war zu spät, noch einmal zu rufen, zu spät, um in die Höhe zu spähen, sich zu vergewissern, daß er gesehen wurde. Ganz klar und einfach war plötzlich alles, nur einen Feind gab es; nur ein brennendes Problem: ob er überlebte oder unterging.

Wenn er wirklich ahnungslos gewesen wäre, dann wäre es ein leichtes gewesen, diesen Weg zu beschreiten; doch wenn er ahnungslos gewesen wäre, dann hätte er ihn nie beschritten, weil er nicht gewußt hätte, daß dies das einzige Mittel war, sein Ziel zu erreichen. Und weil er kein unerfahrener Anfänger war, erfaßte ihn die Furcht, noch ehe der erste Felsbrocken unter seinem Fuß zu zittern begann, so daß er mitten im Schritt verharrte, den Atem angehalten, die Arme ausgestreckt, um Gleichgewicht ringend. Erschwert wurde sein halsbrecherisches Unternehmen noch dadurch, daß er den Anschein erwecken mußte, sich seiner ganz sicher zu sein, bis er weit genug gegangen war, um den Ziegenhirten aus seinen Höhen herunterzulocken. Wenn seine List durchschaut wurde, wer würde sich dann die Mühe machen, ihm zu Hilfe zu kommen, selbst wenn er sie wirklich brauchen sollte?

Er stand noch immer starr, um sein Gleichgewicht bemüht, abwartend, um den nächsten Schritt wagen zu können, als er den langgezogenen, gebieterischen Ruf von oben hörte. Ihm fiel ein Stein vom Herzen. Er wagte nicht aufzublicken. Der Schweiß brach ihm aus allen Poren, als er einen Arm hob und kurz winkte, wie ein frohgemuter Narr, der die Warnung völlig mißverstand. Er mußte weiter. Wie lange würde es dauern, ehe der Hirte den Hang hinunterklettern würde? Wie weit noch mußte er diesen trügerischen Weg gehen, der nirgendwo hinführte, außer in den Tod?

Er konnte nicht hinunterblicken und er konnte nicht hinaufblicken. Am liebsten hätte er sich auf allen vieren fallen lassen, um seinen Schwerpunkt möglichst weit in die Tiefe zu verlagern und die Gewichtsverschiebungen zu vermeiden, die den ersten Stein in Bewegung setzten und die ganze Geröllmasse ins Rutschen bringen würden.

Noch einen kurzen Schritt, ganz vorsichtig, das Gewicht langsam von einem Fuß auf den anderen schieben, die Augen starr geradeaus gerichtet halten. Die ganze Erde schien unter seinen Füßen zu beben, und die Versuchung, sich hangwärts zu lehnen und nach der Felsnase zu seiner rechten zu greifen, war beinahe unwiderstehlich; doch er wußte, daß er genau das nicht tun durfte. Auf diese Weise würde er unweigerlich den ersten losen Stein ins Rollen bringen und die Lawine auslösen. Der graue Fels war vor ihm. Er zog die Hand zurück, bemühte sich, ruhig zu atmen und tastete mit ausgestrecktem Fuß nach dem nächsten unsicheren Stück Grund.

Trügerisch ruhig blieb der Stein unter seinem Gewicht, und im letzten Moment verschob er sich knirschend, und beinahe wäre Dominic zu Boden gerissen worden. Er schwankte und starrte blind vor sich hin, voller Angst, die Augen zu schließen, um sein Gleichgewicht kämpfend, überströmt von Schweiß, der in einer plötzlichen Flut hervorbrach, ihm über Stirn und Brauen salzig und brennend in Augen und Mund rann. Sein Standbein rutschte ab, der Stein darunter rollte langsam bergab und fand einen neuen Ruhepunkt. Er war jetzt auf Händen und Knien, zitternd, schwankend, keuchend. Der Stein fühlte sich an wie ein gepflügtes Feld, das unter einem Erdbeben erzittert. Langsam, ganz langsam ließen die Zuckungen seines Körpers nach. Reglos hing er am Hang, unverletzt, zutiefst verwundert, durchnäßt von Schweiß.

Und hinter sich hörte er eine Stimme ganz ruhig und klar sagen: »Erschrecken Sie nicht. Halten Sie sich ganz still. Ich bin hier, dicht hinter Ihnen.«

Die Stimme war so nah, so körperlos wie Stimmen, die man im Fieberwahn hört; und wie solche Stimmen, erschreckte sie ihn nicht, schien ihm seltsam vertraut; selbst die Tatsache, daß die Worte in akzentfreiem Englisch kamen, überraschte ihn nicht. Gedanken machte er sich nur über die Zeit. Wie lange mochte er hier gekauert haben, betäubt und blind vor Angst, wenn der Fremde Zeit gehabt hatte, den Hang herunterzukommen und ihm hinaus auf diese Todesfalle zu folgen?

»Rühren Sie sich erst, wenn ich es Ihnen sage.«

Eine lange, muskulöse Hand mit knochigen Gelenken schob sich über seine Schulter, umschloß seine rechte Hand und preßte sie fest gegen den Stein. Eine zweite Hand glitt stützend unter seine rechte Achsel.

»Jetzt! Drehen Sie sich zum Hang hin. Vorsichtig. Ich halte Sie fest.«

Die Hände, die ihn stützten, schienen das einzige Sichere auf der Welt zu sein. Er vertraute ihnen und drehte sich um die Achse seines festverankerten Arms. Er konnte nichts sehen außer grauem, großporigem Gestein dicht vor seinem Gesicht.

»Gut so?« fragte die Stimme.

»Ja.«

»Dann halten Sie sich ruhig. Ich krieche voraus. Nein, bleiben Sie unten.«

Die Hände lösten sich von seinem Körper. Er holte vorsichtig Atem, und allmählich verebbten Entsetzen und Furcht, Vernunft und Überlegung kehrten zurück.

»Gut. Folgen Sie mir jetzt ganz dicht. Ich krieche langsam. Halten Sie sich an meinem Fuß fest, während Sie mir nachkriechen.«

»Es geht schon. Ich folge Ihnen.«

Der Rückweg schien länger als der Weg hinaus auf die Halde. Sie bewegten sich vorsichtig Zentimeter um Zentimeter vorwärts, die Körper langgestreckt und dicht am Boden wie Katzen. Die Sonne brannte auf Dominics bloßen Hals, und die Steine unter seinen Händen waren warm. Er tastete nach der Stelle, die unter der Last seines Führers ruhig geblieben war, ergriff den Absatz des weichen Schuhs und kroch verbissen weiter; bis plötzlich der Schuh seiner Hand entzogen wurde und seine Sohle aufsetzte, und Dominic dünne, gebleichte Grashalme sah, die neben seinem Fuß zitterten.

Dominic starrte sie an und begriff einen Moment lang nicht, wie sie dahin kamen. Eine Hand zog ihn hoch. Sein Retter stand am bleichen, terrassenförmig abgestuften Hang am Ende der Geröllhalde. Sie hatten es geschafft. Sie lebten. Dominic setzte seinen Fuß auf den Boden, und der Grund unter ihm war fest und sicher. Jetzt waren es seine Knie, die nachgaben, so daß er beinahe gestürzt wäre.

Er konnte sich kaum auf den Beinen halten. Wenn nicht der Arm seines Retters ihn umschlungen gehalten und ihn den Hang hinuntergezogen hätte, dann hätte er sich ins Gras setzen und warten müssen, bis die Nachwirkungen des Schocks vergangen waren. Beschämt und verlegen ließ er sich in die höchstgelegene Hütte führen. Er sank auf das Feldbett, das in einer Ecke des Raumes stand. Den Kopf in die Hände gestützt, blieb er sitzen, die Augen geschlossen, tief Atem holend.

Eine Hand tippte ihn an, und er öffnete die Augen und sah das Glas, das ihm hingehalten wurde.

»Hier, trinken Sie das.«

Die Stimme klang jetzt nicht mehr kühl und körperlos; sie klang gebieterisch, warm und zornig. Kleinlaut nahm Dominic das Glas entgegen. Die Flüssigkeit war scharf und brennend und rüttelte ihn aus seiner Benommenheit. Zum erstenmal begriff er, was er getan hatte. Abgesehen davon, daß er auf dieser Strecke sein Leben aufs Spiel gesetzt hatte, hatte er sich jedem, der ihm nach dem Leben trachtete, als Zielscheibe dargeboten. Wie hätte er sich dort draußen auf dieser schwankenden, bebenden Masse von Gestein wehren sollen, wo er nicht einmal eine Hand frei gehabt hatte, um ein paar Steine zu werfen, und noch viel weniger die Möglichkeit, bei einem Angriff in Deckung zu gehen? Hätte er diesen Mann, der da vor ihm stand, falsch eingeschätzt, dann wäre er jetzt tot gewesen.

Doch er hatte ihn nicht falsch eingeschätzt. Hier saß er, wohlbehalten und unverletzt; und dieser Mann hatte ihn hierher gebracht.

Er blickte von seinem leeren Glas auf und richtete zum erstenmal sein ganzes Augenmerk auf den Retter. Er blickte in ein ärgerlich verzogenes Gesicht mit hoher Stirn, weit auseinanderliegenden Augen, breiten Backenknochen, eingefallenen Wangen und schmaler Kinnpartie; in ein Gesicht mit kühn hervorspringender, schmaler Nase und einem schmallippigen, skeptischen Mund. Die tiefliegenden Augen unter den hellen Brauen starrten auf Dominic nieder, nicht gerade nachsichtig, nicht gerade freundlich.

»Und jetzt werden Sie mir vielleicht erklären«, sagte der Mann grimmig, »was zum Teufel Sie da oben zu suchen hatten.«

»Ich habe Sie gesucht, Mr. Alda«, antwortete Dominic. »Und ich habe Sie gefunden.«

10

Einen Augenblick blieb es ganz still, während sie einander anstarrten. Der Zorn wich aus dem kühlen, unnahbaren Gesicht und machte einer Mischung aus Verwunderung, Interesse und Nachdenklichkeit Platz. Doch weder Verständnis noch Unruhe blitzte in ihm auf.

»Sie kennen also meinen Namen. Sollte ich auch den Ihren kennen?«

»Ich heiße Dominic Felse. Aber nein, meinen Namen können Sie gar nicht kennen. Ich bin Engländer.«

»Das dachte ich mir schon«, versetzte Alda trocken. »Nur ein Engländer, vielleicht sollte ich sagen ein Londoner, würde mit solcher Selbstsicherheit ein derart tollkühnes Unternehmen wagen. Ist Ihnen jetzt wenigstens klar, daß Sie auf dem besten Weg waren, Selbstmord zu begehen? Oder sind Sie noch einfältiger, als ich dachte?«

»Ich stamme nicht aus London«, erklärte Dominic. »Ich bin vom Land, beinahe könnte man sagen aus einer Gebirgsgegend. Ich wußte genau, was ich tat.« Kaum hatte er es gesagt, da war er zornig auf sich selbst. Es klang wie das

Auftrumpfen eines eigensinnigen Kindes, dabei hatte er es ganz anders gemeint. »Ich bin schon ziemlich viel geklettert«, erklärte er beinahe wie um Verzeihung bittend. »Ich kenne die Gefahren.«

»Dann sind Sie tatsächlich ein vollkommener Narr. Oder aber«, fügte der Mann hinzu und blickte ihn aus zusammengekniffenen Augen forschend an, »es lag Ihnen sehr viel daran, mich zu erreichen. Können Sie mir erklären, warum?«

»Sie sind doch Karel Alda?«

Er wußte es, doch er wollte es hören.

»Man nennt mich hier Karel Veselsky. Aber ja, Sie haben recht, ich bin Karel Alda – Karel Alda oder Charles Alder, was Ihnen lieber ist. Und was wollen Sie von ihm?«

»Ich habe eine Freundin, die in großen Schwierigkeiten ist, und ich möchte Sie um Ihre Hilfe bitten. Es betrifft Sie unmittelbar. Aber das ist eine lange Geschichte.«

»Erzählen Sie.«

Dominic erzählte, ließ sich kaum Zeit, um Atem zu schöpfen. Er hatte keine Angst, daß er nicht verstanden werden würde. Er hatte keine Angst mehr, daß der Mann ihm ausweichen würde.

»Wir sind zu viert hier. Wahrscheinlich haben Sie uns sogar schon gesehen. Eines der Mädchen ist Tossa Barber, und ihr Stiefvater war ein Mann namens Terrell, der hier in diesem Tal vor ungefähr drei Wochen ums Leben kam. Es ist nicht so, daß sie sehr an ihm gehangen hat oder so, aber sie fühlte sich ihm verpflichtet, und sie glaubte nicht, daß sein Tod ein Unfall war. Deshalb lotste sie uns hierher. Sie wollte selbst Nachforschungen anstellen. Und sie fand heraus, daß Sie hier irgendwo in der Gegend sein mußten, daß er ihre Spur gefunden und Sie gesucht hatte. Tossa meinte, ihr Stiefvater müßte ermordet worden sein. Aber die slowakische Polizei betrachtet den Fall als erledigt und hat alles Interesse daran verloren.«

»Vielleicht«, meinte Alda und sah ihm ruhig in die Augen, »weil an diesem Tod nichts Geheimnisvolles war.«

»Sie meinen, es ist bekannt, wie er ums Leben gekommen ist?«

»Oh, ja, es ist genau bekannt, wie er ums Leben gekommen ist.«

»Wieso?« fragte Dominic und fuhr sich mit der Zunge über die trockenen Lippen. »Ich meine, wieso ist es der Polizei so genau bekannt?«

»Weil sie es von mir wissen. Ich habe den Tod gemeldet.«

»*Sie* haben ihn gemeldet? Ich dachte, die Martineks –« Er brach ab, als ihm einfiel, was Dana ihm von der abendlichen Suchaktion erzählt hatte. Die Martineks hatten die Bergwacht alarmiert. Beim Eintreffen der Bergwacht jedoch war die Polizei schon zur Stelle gewesen. Weil die Polizei genau gewußt hatte, wo der Tote zu finden war. »Könnten Sie mir das erzählen? Ich frage nicht aus Neugier, es ist ungeheuer wichtig.«

»Ganz einfach. Ich war auf dem Heimweg oben auf dem Pfad, der die Felswand überquert. Da Sie herkamen, um über Terrells Tod Nachforschungen anzustellen, haben Sie sich die Stelle sicher angesehen. Ich dachte überhaupt nicht an Terrell. Ich habe schon seit Jahren nicht mehr an ihn gedacht. Mich haben andere Dinge beschäftigt. Ich hatte keine Ahnung, daß er hier in der Gegend war. Und da stand ich ihm plötzlich genau an der scharfen, unübersichtlichen Biegung oben am Pfad von Angesicht zu Angesicht gegenüber.« Er sah das kurze, furchtsame Aufblitzen in Dominics Augen, als für einen flüchtigen Moment die Zweifel neu erwachten, und er lächelte ein wenig traurig. »Nein, ich habe ihn nicht angerührt. Dazu blieb gar nicht die Zeit, denn er hatte mich ebenfalls erkannt, und seine Reaktion war um so schneller und um so tödlicher. Er fuhr zurück, als er mich sah. Er sprang zurück und verlor das Gleichgewicht. Als ich zu ihm hinunterkam, war er schon tot. Da habe ich die Polizei in Pavol alarmiert. Für sie hat es an seinem Tod nie etwas Geheimnisvolles gegeben; Spekulationen rief höchstens die Frage hervor, was er ganz allein in der Dämmerung dort auf dem Pfad zu suchen hatte.«

»Aber weiß die Polizei denn auch von der Verbindung, die früher zwischen Ihnen bestanden hatte?« erkundigte sich Dominic unumwunden. »Haben Sie der Polizei gesagt, daß er der Mann war, der Ihren Fall bearbeitete, nachdem Sie England verlassen hatten?«

Aldas Brauen zuckten in die Höhe.

»Sie sind sehr eingehend unterrichtet, wie ich sehe. Ich sagte der Polizei, daß ich ihn gekannt hatte und mit ihm zusammengearbeitet hatte. Das war notwendig für seine Identifizierung. Aber was den Rest angeht – wozu? Es schien mir belanglos. Ich konnte genau erklären, wie es zu seinem Absturz kam, und die Polizei stellte meine Erklärung nicht in Frage. Ich war der Meinung, daß unsere Verbindung in der Vergangenheit in dieser Sache keine Rolle spielte. Der Mann war tot. Ich ging davon aus, daß unser Zusammentreffen reiner Zufall gewesen war.«

»Aber das stimmt nicht. Er hat Sie gesucht. Er wollte herausfinden, was Sie hier taten, woran Sie arbeiteten. Er hatte ein Stück Papier gefunden, auf dem Sie ein paar Takte Musik und einige Verszeilen niedergeschrieben hatten. Er erkannte Ihre Handschrift. Er ist nur deshalb hierher nach Zbojská Dolina gekommen. Er suchte Sie. Wahrscheinlich wäre er zu Hause der Held des Tages gewesen, wenn er mit einer sensationellen Nachricht über Sie hätte aufwarten können.«

Er sah, daß Alda an der Felswand lehnte und lautlos lachte. Verwirrt starrte er ihn an.

»Sie müssen entschuldigen. Aber wie verblüfft wäre er gewesen, wenn er festgestellt hätte, woran ich arbeite. Wissen Sie, was es ist? Wissen Sie, warum man mich so rücksichtsvoll in Ruhe gelassen hat, warum man dafür sorgte, daß in der Öffentlichkeit kein Wirbel um meine Geschichte entstand? Dank meiner ungeheuer wichtigen Arbeit! Weil ich an einer Oper über Comenius arbeite! Was für dunkle Geheimcodes er wohl in die Noten hineingelesen hätte! Das gehörte zu seinem Beruf, und es scheint, daß er an seinem Beruf gestorben ist.«

Jedes Wort klang aufrichtig und wahr. Dominic war um so eher bereit, ihm zu glauben, als er keinen Versuch machte, ihn zu überzeugen. Trotzdem begriff er noch immer nicht.

»Aber warum ist er denn abgestürzt? Selbst wenn er erschreckt war, selbst wenn es schon dunkel wurde, warum? Er war ein geübter Bergsteiger. Warum ist er so hastig zurückgesprungen? Erwartete er, daß Sie ihn angreifen würden?«

»Möglich, wenn auch nichts mir ferner lag. Wenn er nur gewußt hätte, daß er mir im Grunde gleichgültig war. Aber ich halte es für wahrscheinlicher, daß sein Zurückfahren eine Reflexbewegung war, die aus seinem schlechten Gewissen resultierte. Es war eine Art entsetzten Zurückweichens vor den bösen Geistern seiner schändlichen Tat, die ihn plötzlich mit einem Menschen konfrontiert hatten, den er auf seine Art und Weise buchstäblich ermordet hatte.«

Alda nahm Dominic das leere Glas aus der Hand und füllte es.

»Hier, das kann Ihnen nicht schaden. Sie sehen immer noch so aus, als könnten Sie es gebrauchen. Was wissen Sie alles über Terrell und mich und das Marrion Institute? Und woher wissen Sie es? Die Sicherheitsmaßnahmen dort sind doch bestimmt noch so streng wie früher.«

»Tossa erfuhr alles von einem Mann namens Welland, der bei der Botschaft in Prag arbeitete und Terrell kannte. Er wußte, daß Terrell ein erfahrener Kletterer war und glaubte nicht daran, daß sein Tod ein Unfall war. Er kramte in der Vergangenheit herum und ja, als er fand –«

»Er fand mich. Natürlich. Einen Slowaken, einen Feind, einen möglichen Mörder. Ein Wissenschaftler, der an streng geheimen Projekten gearbeitet hatte und zu den Kommunisten übergelaufen war. Ein wenig abgedroschen, heutzutage, aber für ihn sicherlich sehr überzeugend. Wollen Sie auch das übrige noch hören? Was wissen Sie denn selbst schon?«

Dominic erzählte es ihm mit verlegen gerötetem Gesicht. Es war, als gäbe er die Handlung eines 08/15 Spionageklamauks wieder.

»Ja, ich glaube, Sie sollten doch alles wissen. Nach Ihren hartnäckigen Anstrengungen von vorhin«, meinte Alda nachsichtig, »haben Sie das verdient. Als ich in Urlaub nach Savoyen fuhr, um mir noch einmal zu überlegen, ob ich meine Stellung aufgeben sollte oder nicht, stieg ich zu den höchsten Gipfeln hinauf, um allein zu sein. Ich war mit keinem Menschen in Verbindung. Ich wollte meinen Geist und meinen Körper kasteien, weil ich hoffte, daß dann die Erleuchtung käme. Und kurz bevor mein Urlaub zu Ende ging, überraschte mich in der Dauphiné ein Wettersturz. Ich zog mir eine leichte Verletzung zu und konnte nicht absteigen. Ich fand Zuflucht in einer einsamen Berghütte. Dort war ich vierzehn Tage lang eingeschlossen. Vorräte waren vorhanden, und ich war dankbar für die Fristverlängerung. Aber als ich schließlich nach Briançon hinunterkam, da entnahm ich der ersten englischen Zeitung, die ich kaufte, daß die Hysterie der damaligen Zeit aus mir einen Überläufer und Verräter gemacht hatte. Die Hauptpunkte des Dossiers, das Terrell über mich zusammengestellt hatte, waren bereits in Druck. Man hatte mir nicht einmal eine Gnadenfrist von zwei Wochen gelassen.«

»Sie meinen«, fragte Dominic, und das Glas zitterte in seiner Hand, »daß Sie in Wirklichkeit gar nicht geflohen sind?«

»Bis zu dem Moment hatte ich nie auch nur die Absicht gehabt. Und danach ging ich einfach. Man hatte mich zum Verräter abgestempelt und das Kesseltreiben hatte schon begonnen. Ich nahm es als Omen. Nein, geflohen bin ich nicht, ich marschierte einfach zum nächsten Ausgang. Diese Akte war ein wahres Kunstwerk. Keine einzige offene Lüge, verstehen Sie, nur Halbwahrheiten. Vielleicht war sie nur das Werk eines leicht beeinflußbaren, ehrgeizigen Mannes, der darauf brannte, in seinem Beruf vorwärtszukommen, und der es schaffte, sich allmählich von der Richtigkeit seines Tuns selbst zu überzeugen. Vielleicht auch war sie aus den gleichen persönlichen Gründen mit eiskalter Berechnung konstruiert worden. Ich vermute, daß er dank der hervorragenden Arbeit, die er in meinem Fall geleistet hatte, zum Leiter der Sicherheitsabteilung befördert wurde.

Natürlich hätte ich zurückkehren können, aber ich hätte dann einen wahren Schauer von Schmutz über mich ergehen lassen und vielleicht mein Leben lang um die Wiederherstellung meines guten Namens kämpfen müssen. Die Zeiten waren damals gegen mich. Doch das war nicht der Grund, weshalb ich dem allen den Rücken kehrte. Ich war angeekelt. Nicht Angst trieb mich weg, sondern Abscheu. Und noch etwas anderes. Ein Gefühl, daß sich vor mir ein Tor geöffnet hatte und ich nicht zögern durfte, die Schwelle zu überschreiten. Ich wandte mich also einfach ganz ohne Hast ab und ging fort.«

»Und Ihre Talente nahmen Sie mit, um sie hier einzusetzen.«

»Talente setzt man dort ein, wo man sich aufhält. Und was für Talente waren es denn überhaupt? Die Hexenjagd, die auf mich veranstaltet wurde, war mir ein Orakel und eine Gelegenheit. Jahrelang hatte ich für den Staat gearbeitet und versucht, mir meinen Glauben an die Ideale der Staatsführung zu bewahren. Wider alles bessere Wissen zwang ich mich, mich einer Lebensform anzupassen, für die ich nie bestimmt war. Erst dank dieser Krise wurde mir klar, daß ich meine Energien auf eine Art eingesetzt hatte, die für mich überhaupt nicht geeignet war, auf einem Gebiet, auf dem ich nicht das höchste leisten konnte. Jeder Mensch muß sich der ihm mitgegebenen Werkzeuge bedienen, wenn er an der Gestaltung der Welt mitarbeiten will. Ich bin zu den Werkzeugen zurückgekehrt, die mir mitgegeben sind: Musik und Menschlichkeit. Ich kehrte nach Hause zurück und bat darum, daß man mich das sein ließ, was ich in erster Linie bin – Komponist. Und sie nahmen mich zu meinen Bedingungen wieder auf. Ich nahm den Namen meiner Großmutter an, Veselsky, weil ich nicht zur internationalen Sensation werden wollte oder zum Zankapfel zwischen der Tschechoslowakei und England. Ich will mich nicht als Waffe einsetzen lassen, und ich brauche Ruhe und Frieden, um arbeiten zu können.«

»Dann widmen Sie also jetzt Ihre ganze Zeit der Musik?« fragte Dominic zweifelnd.

»Sie finden, das ist zuviel? Dieses ländliche Idyll ist nur ein Bruchstück des Bildes. Zum Komponieren ist die Ruhe hier in den Bergen ideal, aber es gibt auch noch andere Aspekte meines Lebens. Ich gebe gelegentlich Klavierabende, ich dirigiere sehr viel. Ich kann Ihnen versichern, meine ganze Zeit reicht mit knapper Not.«

»Ja, wahrscheinlich. Aber in England«, fügte Dominic hinzu, »lag Ihre Arbeit doch auf einem ganz anderen Gebiet, war rein wissenschaftlich. Und sie war doch auch von großer Bedeutung. Tossa sagte, Welland hätte ihr erzählt, daß Sie Leiter des Marrion Institute hätten werden können. Fehlt Ihnen das alles nicht? Wollen Sie nicht auch hier wieder auf diesem Gebiet arbeiten?« Er besaß nicht die Kaltschnäuzigkeit zu sagen: ›Und wenn nicht, warum haben Sie dann Ihre Arbeitsunterlagen mitgenommen?‹

Alda lächelte. »Ich will nicht behaupten, daß mich die Arbeit nicht befriedigte, vielleicht werde ich sie sogar eines Tages wieder aufnehmen, aber wenn, dann auf andere Weise. Vorläufig jedoch will ich mich ganz dem widmen, was mir am meisten am Herzen liegt. Noch einmal lasse ich es nicht zu, daß die Musik aus meinem Leben verdrängt wird. Aber ich halte mich auf dem laufenden«, fügte er hinzu und begegnete Dominics hingerissenem Starren mit einem gutmütigen Lächeln. »Ich habe einen Freund in Amerika, der mich mit technischen Fachzeitschriften versorgt. Wenn ich jemals den Entschluß fassen sollte, wieder auf diesem Gebiet zu arbeiten, werde ich nicht viel nachholen müssen. Für wahrscheinlich halte ich es allerdings nicht«, sagte er ruhig. »Wenn ich mich jemals für unersetzlich gehalten habe, so bin ich von dieser Illusion endgültig geheilt. Zumindest eines meiner unfertigen Projekte wurde in diesem Frühjahr von einer französischen Firma auf den Markt gebracht – und zu besserer Verwendung, als wenn ich es für das Institut ausgearbeitet hätte. Wie das Institut die Erfindung eingesetzt hätte, daran wage ich gar nicht zu denken. Prunières jedoch hat sie in einen leichten Hubschrauber eingebaut, der in tropischen Ländern zur Schädlingsbekämpfung eingesetzt wird. Keine Geheimnisse, zumutbare Herstellungskosten und eine vernünftige Verwendung. Den Gewinn gönne ich ihnen. Ich bin zufrieden. Zweifellos werden innerhalb der nächsten Jahre andere Leute auch auf all die anderen neuen Ideen kommen, die ich gehabt habe. In der Musik ist es weniger wahrscheinlich, daß verschiedene Leute zu gleicher Zeit die gleichen Entdeckungen machen. Ich bleibe lieber bei der Musik.«

»Dann«, meinte Dominic, »kann Ihnen natürlich gar nicht der Gedanke gekommen sein, daß Terrell sich hier aufhielt, um festzustellen, woran Sie arbeiteten. Und Sie konnten nicht ahnen, daß es zu einem zweiten Todesfall kommen würde.«

»Ein zweiter Todesfall?« Alda blickte ihn scharf an. »Davon weiß ich nichts. Da hätte sich doch die Polizei mit mir in Verbindung gesetzt.«

»Dazu war wohl noch keine Zeit. Es geschah erst gestern abend. Außerdem war der Fall Terrell ja für die Polizei abgeschlossen, sie kannten die Hintergründe nicht, sie hätten diesen Mord gar nicht mit Ihnen in Verbindung gebracht. Und wir haben auch nicht alles gesagt, was wir wußten, weil wir ja nicht sicher waren – wir dachten, Sie –«

»Ich hätte Terrell getötet und könnte sehr wohl noch einen zweiten Menschen getötet haben? Ja, das leuchtet mir ein. Wenn Sie diesen Gedanken jetzt aufgegeben haben«, fügte er ernst hinzu, »dann wäre es mir lieb, wenn Sie mir erzählen würden, was eigentlich geschehen ist.«

Dominic erzählte die Geschichte von Wellands Tod und allem, was sich danach ereignet hatte. Alda war aufgestanden und schritt ratlos und stumm im Spiel von Licht und Schatten auf und ab.

»Und jetzt hat man also Ihre Freundin unter Mordverdacht verhaftet? Und Sie kamen her, um mich zu suchen. Als Zeugen oder als Mörder?«

»Woher sollte ich das wissen? Ich hatte Sie nie kennengelernt, ich kannte Sie nur aus Terrells Dossier. Lag es da nicht auf der Hand anzunehmen, daß Sie derjenige waren, der die Störenfriede beseitigte, als sie Ihnen zu nahe kamen? Wir hatten Sie einmal hier oben mit den Ziegen gesehen, wir sahen, daß Sie ein Gewehr trugen –«

»Ein Gewehr?« Alda fuhr herum. »Ich soll ein Gewehr getragen haben? Ich hatte nie im Leben eines in der Hand. Sie träumen!«

»Aber ich habe Sie doch da oben auf den Gipfeln mit dem Gewehr gesehen«, protestierte Dominic unsicher. »Es hat einen langen Kolben, der über Ihre Schulter hinausragte, und der Lauf –«

Hoffnungslos verwirrt brach er ab. Alda stand neben dem Fenster und lachte aus vollem Hals.

»Was soll das?« Dominic sprang auf, und seine Wangen brannten, weil er das Gefühl hatte, sich lächerlich gemacht zu haben. »Ich glaubte ja, als ich hier heraufkam, sowieso nicht mehr daran, daß Sie geschossen hatten. Aber ich weiß, was ich gesehen habe –«

»Das wissen Sie eben nicht! Aber ich weiß es jetzt. Das hier – das hier haben Sie gesehen.«

Mit drei großen Schritten hatte er den Raum durchquert,

holte hinter dem Friesumhang, der in einer Ecke hing, ein langes, schmales Rohr hervor, trat zum Fenster und hielt es ins Licht, noch immer lachend. Es war ein Rohr aus hellem Holz, glatt poliert vom Alter und vom ständigen Gebrauch, fast so lang wie Alda groß war, ungefähr so dick wie ein Kinderhandgelenk. An seinem oberen Ende war mit fest geknüpften Hanfschnüren ein dünnes Rohr, etwa sechzig Zentimeter in der Länge, befestigt, an dessen unterem Ende ein kleines, rundes Mundstück hervorsprang. Als Alda das Instrument anhob und das Mundstück an seine Lippen setzte, bog sich die Doppelpfeife, die etwa vierzig Zentimeter über seinen Kopf hinausragte, ganz leicht über seine linke Schulter. Er hielt sie mit der linken Hand in Taillenhöhe, während die Finger seines ausgestreckten rechten Arms auf dem Rohr spielten.

Eine Kaskade dünner, heller Töne perlte aus dem Instrument und ging über in eine tiefe, klangvolle, klagende Weise. Es klang kaum lauter hier als damals, als sie es vom Berggipfel her vernommen hatten.

»Das ist mein Gewehr«, sagte Alda, löste das Mundstück von seinen Lippen und drehte das Instrument behutsam in den Händen. »Wir nennen es eine Fujara. Haben Sie mich nicht unten im Tal einmal gehört?«

»Doch.« Dominic streckte die Hand aus und ergriff fasziniert das Instrument. Das Holz unter seinen Fingern fühlte sich seidenglatt an. »Aber wir wußten nicht, wie das Instrument aussah. Wir hatten noch nie eines gesehen. Woher hätten wir das ahnen sollen?« Er legte die Finger auf die Löcher und drückte das Instrument an sich. »Wie haben Sie es genannt? Fujara? Es ist wunderschön.«

»Mein Urgroßvater hat es gemacht. Für eine Fujara ist es klein, die meisten sind fast zwei Meter lang.«

Er stellte das Instrument fürsorglich wieder in seine Ecke und verhüllte es in den Falten seines Umhangs.

»Sie waren das also«, sagte Dominic. »Dann habe ich mich nicht getäuscht. Sie haben ›Bushes and Briars‹ gespielt.«

»Sehr wahrscheinlich. Sind Sie deshalb hier heraufgestiegen, um mich zu suchen?«

»Zum Teil, ja. Ein Musiker, der hier in den Hügeln lebte und englische Volkslieder spielte – ich war ziemlich sicher, daß das Karel Alda sein mußte. Und da hatte ich mir auch schon überlegt, daß die ganze Geschichte vielleicht doch nicht so klar und durchsichtig war, wie sie schien. Jetzt weiß ich, daß Sie nichts zu fürchten und nichts zu verbergen haben, weshalb also hätten Sie Welland töten sollen? Aber sehen Sie, es gibt jemanden, der etwas zu verbergen hat; es gibt jemanden, der Angst hat. Und ich glaube, unsere Vermutung, daß Sie es sind, vor dem er Angst hat, trifft noch immer zu. Er hat schon einmal einen Menschen getötet, um zu verhindern, daß Ihr Fall wieder aufgerollt werden würde, und ich glaube, er wäre imstande, aus diesem Grund wieder zu töten.«

»Terrell ist nicht ermordet worden«, erklärte Alda und sah ihn nachdenklich an.

»Nein. Aber sein Tod führte Welland auf die gleiche Spur, und Welland ist ermordet worden. Und jetzt, wo wir wissen, wer Sie sind und daß nichts Verräterisches daran ist, der Polizei zu helfen, kann nichts Tossa und mich mehr daran hindern, die ganze Wahrheit zu sagen. Werden Sie mit mir nach Pavol hinunterkommen? Zusammen sollte es uns doch gelingen, diesen Fall zu klären.«

»Ich bin bereit«, erwiderte Alda. »Wir können gehen, wann immer Sie wollen.«

Dominic war der erste, der durch die offene Tür ins Freie trat auf den sonnenbeschienenen Fels unter dem Überhang.

Ein scharfer, kurzer Knall. Knirschend schlug etwas gegen die verwitterte Wand vor seinem Gesicht, fliegende Splitter schlugen brennend in seine Wange. Erschreckt schlug er die Hand auf sein Gesicht, und als er sie wegzog, sah er Blut auf seinen Fingern. Im selben Augenblick schlang Alda einen Arm um ihn und riß ihn mit einer heftigen Bewegung in die Hütte zurück, während er gleichzeitig die Tür zuschlug und ihn vor der zweiten Kugel rettete, die sich an der Stelle, wo eben noch Dominic gestanden hatte, in das dicke Holz bohrte.

»Ich habe ihn angelockt«, sagte Dominic heiser, als der erste Moment der Benommenheit vorüber war. »Ich habe Sie hier oben aufgespürt, weil ich Ihre Hilfe brauche – und was habe ich getan? Ich habe ihn direkt zu Ihnen geführt.«

»Das wissen Sie gar nicht. Und spielt es denn überhaupt eine Rolle?« Er glitt an Dominic vorbei zu dem kleinen Fenster.

»Doch, ich weiß es«, sagte Dominic. »Wenn er genau gewußt hätte, wo Sie zu finden waren, dann wäre er gleich zu Ihnen gekommen. Denn auf Sie hat er es abgesehen. Doch er ahnte, wo ich zu finden war. Jetzt habe ich Ihnen die Deckung genommen.«

»Nein, Sie haben etwas viel Nützlicheres getan. Sie haben *ihm* die Deckung genommen. Und wenn er Ihnen gefolgt ist, warum hat er uns dann nicht beide beseitigt, als wir draußen auf der Halde waren?«

»Er kann mir nicht unmittelbar gefolgt sein. Aber er wußte, wohin ich wollte. Ich glaube – ich glaube, er wollte mich auf der Rückfahrt überraschen, und als ich dann zu lange auf mich warten ließ, machte er sich auf die Suche nach mir. Er muß den Wagen gefunden haben. Er muß daraus geschlossen haben, daß ich noch irgendwo hier oben war. Wenn er angekommen wäre, solange wir noch da draußen waren, hätte er uns beide erschossen. Er muß also erst später gekommen sein. Er erreichte dieses Gebiet erst, als wir schon in der Hütte waren. Und er hatte keine Ahnung, daß sich hier drinnen jemand aufhielt. Erst als er die Fujara hörte, wußte er es. Wie sonst kann es gewesen sein? Er suchte doch einen Musiker. Er brauchte nur zu warten, bis jemand aus der Hütte trat, um festzustellen, ob er auf der richtigen Spur war oder nicht. Jetzt weiß er es. Er weiß, daß wir beide hier sind. Er hat uns gesehen.«

»Sie scheinen es für selbstverständlich zu halten«, meinte Alda gelassen, die Wange gegen die Wand neben der staubigen Fensterscheibe gedrückt, »daß er mich kennt.«

»Bestimmt kennt er Sie. Davon bin ich überzeugt.«

»Und daß ich eine entscheidende Gefahr für ihn darstelle. Aber ich schwöre Ihnen, ich sehe keinen Grund, weshalb.«

»Ich auch nicht, aber ich bin sicher, daß ich recht habe. Welland ist getötet worden, weil er entschlossen war, Sie zu finden und weil es den Anschein hatte, daß es ihm gelungen war. Tossa und ich stehen auf der Abschußliste, weil Welland uns gesagt haben könnte, was er wußte. Doch im Brennpunkt stehen Sie. Es gibt etwas in Ihrer Vergangenheit, das den Mörder ruinieren kann, und wenn es ihm gelingt, Sie zum Schweigen zu bringen, besteht keine Gefahr mehr. Und jetzt habe ich ihn zu Ihnen geführt.«

»Bis jetzt«, stellte Alda fest, »sind wir noch am Leben. Er weiß, wo wir sind. Mal sehen, ob wir nicht feststellen können, wo er ist. Er muß sich auf dieser Seite befinden, denn die Tür scheint er bequem unter Beschuß halten zu können. Kommen Sie her.«

Dominic glitt zum Fenster.

»Man hat mich immer als eine Art mathematisches Wunderkind angesehen«, bemerkte Alda heiter. »Wir wollen einmal sehen, ob ich genaue Berechnungen anstellen kann. Ich habe nicht vor, die Tür zu öffnen und den Einschuß zu untersuchen, aber ich würde sagen, daß er schräg in die Tür geschossen hat. Aus einem Winkel von etwa dreißig Grad. Und er befindet sich mit Sicherheit an einer Stelle, die höher gelegen ist als die Hütte.« Er schwieg einen Moment, während seine Augen den felsigen Hang absuchten. »Ich könnte mir vorstellen, daß er sich dort oben auf der Höhe des Felspfades befindet. Denken Sie sich von seinem anderen Ende eine gerade Linie von etwa zwanzig Metern. Irgendwo innerhalb von zehn Metern oberhalb oder unterhalb der Linie müßte er sein. Haben Sie die Stelle?«

»Ja.«

Niedrige Gebüschgruppen wucherten dort, und der Boden wies leichte Erhöhungen auf. Dort konnte der Mörder sein Versteck haben.

»Behalten Sie sie im Auge. Ich werde jetzt versuchen, ihn aufs Glatteis zu führen. Wenn ich Ihnen das Signal gebe, dann passen Sie scharf auf, ob Sie dort oben eine Bewegung bemerken können.«

Es war kaum zu fassen. Seine Stimme klang heiter, sein Schritt war federnd. Es gab keinen Zweifel, er genoß die Situation. Dominic, der getreulich auf das Oval am Hang blickte, das Alda ihm umrissen hatte, hätte sich liebend gern umgedreht, um zu sehen, was sein Gefährte tat.

»Ein Hut wäre nicht überzeugend«, murmelte Alda hinter ihm. »Ein Hemdsärmel vielleicht. Sind Sie bereit?«

»Ich bin bereit«, erwiderte er mit rauher Stimme. Seine Augen brannten vor Anstrengung.

Der Schuß ließ ihn zusammenfahren, mit um so größerer Heftigkeit, weil er so angespannt auf ihn gewartet hatte. Alda stieß einen leisen, zischenden Laut aus, der beinahe wie ein Lachen klang. Und das niedrige Buschwerk, das ganz am Rand des Pfades sachte im Wind bebte, durchfuhr plötzlich ein Zittern, das nicht der Wind verursacht hatte.

»Er ist dort. Ich habe ihn.« Er konnte jetzt den Kopf drehen und griff nach Aldas Arm, als dieser wieder zum Fenster kam. »Ihnen ist nichts passiert? Er hat Sie nicht getroffen?«

»Nein, nein.« Er lachte leise vor sich hin. »Wo war er?«

»Direkt am Rand der Felsrinne, ungefähr einen Meter oberhalb des Pfads. Jetzt ist es ganz still, aber ich habe gesehen, wie er sich bewegte. Aber wer weiß, ob er dort bleiben wird«, fügte er entmutigt hinzu. »Wenn wir nicht bald sein Feuer erwidern, kann er ganz gemütlich herunterkommen und uns erledigen. Aber wenn wir ihm vormachen könnten, daß wir eine Waffe haben, dann würde er vielleicht in seinem Versteck bleiben.«

Plötzlich fiel ihm ein, daß sie nicht völlig wehrlos waren. Ein Mann auf dieser Seite der Hütte mit einem Gewehr an der Tür postiert, und der Feind würde in Deckung bleiben und sein Augenmerk auf diese Gefahr richten. Durch das Fenster an der hinteren Wand konnte dann der andere vielleicht entkommen und ins Tal hinunter gelangen. Der Bursche dort oben konnte seine Augen nicht überall zu gleicher Zeit haben.

Er wandte wieder den Kopf und sah Alda an, der aus zusammengekniffenen Augen das Versteck des Heckenschützen beobachtete.

»Wäre es Ihnen sehr unangenehm, wenn ich mir Ihre Fujara ausleihe?«

Alda fuhr hoch, löste seinen Blick vom Berghang und sah seinen Verbündeten belustigt an.

»Einen Slowaken können Sie damit nicht täuschen«, warnte er.

»Nein, das weiß ich«, bekannte Dominic. »Aber das brauche ich ja auch nicht, oder?«

Sie verstanden einander vollkommen.

»Sie kennen das Gelände hier besser als ich. Sie sprechen die Sprache, ich nicht. Und sie sind jetzt der wichtigere Zeuge. Ich weiß nicht, warum, aber es ist so. Ich werde ihn hier festhalten und Sie verschwinden durch das Fenster und holen Hilfe. Wenn ich ihn mit der Fujara täuschen kann, wird er es nicht wagen, mich aus der Nähe anzugreifen.«

Einen Moment blieb es still, dann sagte Alda mit einem leisen, befriedigten Lachen: »Ein guter Einfall. Gut, ich gehe. Nehmen Sie die Fujara.«

»Sagen Sie mir, wenn Sie soweit sind. Ich werde versuchen, Ihnen Deckung zu geben.«

Er hörte das Knirschen eines rostigen Riegels, das Knarren des Fensterrahmens.

»Jetzt, wenn Sie wollen.«

»Gut. Jetzt!«

Dominic riß mit einem schnellen Schwung die Tür auf, machte einen blitzschnellen Schritt auf den Stein hinaus und fuhr im selben Moment zurück, um sich an den Türrahmen zu pressen. Die Kugel schlug in den gegenüberliegenden Türpfosten. Er starrte auf den Einschuß. Wenigstens wußte er jetzt den Winkel. Wenn der Schütze auf der gegenüberliegenden Seite des Felspfads gelauert hätte, dann wäre Dominic Felse jetzt tot gewesen.

Wie im Traum hörte er Aldas eilende Schritte draußen vor dem Fenster verklingen. Und dann war alles still. Selbst der Wind hatte sich gelegt.

Er hielt die Augen auf die Buschgruppe gerichtet, wo der Feind versteckt lag, und verlor alles Zeitgefühl. Nicht einen Schimmer von Aufmerksamkeit konnte er auf irgendeine andere Stelle dieser Kampfbahn aus Gras und Fels und Geröll verschwenden. Deshalb sah er Karel Alda auch erst, als dieser etwa zwanzig Meter oberhalb des Schützen lag. Er erstarrte, entsetzt und hilflos.

Deshalb also hatte Alda seine Rolle mit so täuschender Gelassenheit übernommen. Wie hatte er glauben können, daß ein Mann wie Karel Alda den gefährlichen Teil der Aufgabe auf ihn abwälzen würde? Er hätte es wissen müssen.

Die Sonne stand noch hoch, und die Schatten waren noch kurz und schwarz. Nur wenn man sich platt an den Boden gedrückt hielt, konnte man unentdeckt aus dem Südwesten nähergleiten. Alda bewegte sich so geschmeidig wie eine Schlange. Er mußte einen großen Bogen um den Punkt geschlagen haben, an dem er sich jetzt befand. Von der Hütte aus war er so deutlich zu sehen wie eine Eidechse, die auf einer sonnenbeleuchteten Mauer liegt, obwohl er die weiten Ärmel seines Hemdes bis zu den braungebrannten Schultern aufgekrempelt hatte. Doch von der Stelle aus, wo der Feind lag, ebenfalls flach zu Boden gedrückt im Dickicht struppiger Büsche, mußte Alda unsichtbar sein.

Der eine Mann aber hatte ein Gewehr, der andere nichts als seine bloßen Hände.

Wieder ein Meter gewonnen. Dominic sah die rasche, geschmeidige Bewegung, als Alda durch das Gras glitt.

Fünfzehn Meter lagen jetzt noch zwischen ihnen, mehr nicht, und alles war still, kein Lüftchen regte sich, kein Blatt raschelte, um die leisen Geräusche seines Anpirschens zu verbergen.

Die Büsche dort oben am Rand der Felsrinne regten sich leicht. Ein brauner Schatten schlängelte sich aus der Deckung silbergrüner Blätter: der Körper eines Mannes. Der Schütze hatte Aldas letzte Bewegung gespürt und war auf die gefährliche Nähe des Gegners, der ihm auflauerte, aufmerksam geworden. Er schob sich aus seinem Versteck und rutschte bäuchlings hangabwärts, zwischen sich und seinem Verfolger das Gewirr der Büsche, während er sich nach rückwärts zum Rand der Felsrinne tastete und sich vorsichtig über den Rand gleiten ließ.

Natürlich! Er wußte nicht, ob sein Gegner bewaffnet war, und wollte sich auf kein Risiko einlassen. Er wollte Fels, nicht Buschwerk, zwischen sich und Alda wissen. Er ließ sich hinunter, wo sein Fuß festen Halt fand, knapp anderthalb Meter unterhalb des Rands, wo die losen Felsbrocken ihn decken würden.

Die ferne Gestalt, gesichtslos und anonym, hatte der Hütte jetzt den Rücken zugewandt und reagierte nicht, als Dominic, der in einem Aufruhr des Entsetzens erfaßte, was kommen würde, die Tür weit aufriß und hinaus rannte ins Freie. Seine Aufmerksamkeit galt allein dem unsichtbaren Feind im Gras über ihm, der kühl und geduldig näher und näher an die verlassene Buschgruppe heranrückte und sich jetzt zum letzten langen Sprung spannte.

Dominic legte die Hände um den Mund und stieß einen lauten, wilden Schrei aus. Im gleichen Augenblick sprang Alda, genau auf jene Stelle, die der andere Mann lautlos verlassen hatte.

Das Gewehr, dessen Lauf in der Sonne blitzte, war schon angelegt. Dominic sah, wie es hochgerissen wurde, dem Körper entgegen, der durch die Luft flog. Er biß die Zähne aufeinander und hielt den Atem an und wartete auf den Schuß. Ein scharfer, durchdringender Knall. Die Hänge fingen ihn auf und warfen ihn in unzähligen Echos zurück, bis er in den Tiefen des Tals verklang.

Die Büsche bogen sich auseinander unter Aldas fallendem Körper und verschlangen ihn. Dominic holte krampfhaft Atem und starrte wie betäubt hinüber zum Hang, so außer sich über seine eigene Ohnmacht, daß er das, was dann geschah, nur wie eine unlogische Folge von Ereignissen sah wie in einem Traum.

Der Mann stand bewegungslos am Rand des Felskamins. Dann senkten sich langsam seine Arme und breiteten sich aus, und das Gewehr entglitt seiner Hand und rutschte langsam von ihm weg, um auf einem Grasflecken etwa drei Meter tiefer liegenzubleiben. Seine ausgestreckten Hände klammerten sich an den Fels und fanden keinen Halt oder besaßen nicht die Kraft zuzupacken. Seine Knie gaben unter ihm nach, sein Körper kam ins Gleiten, unglaublich langsam zuerst, dann immer schneller, bis er auf eine vorspringende Felskante aufschlug und mit einem Ruck zur Mitte der Felsrinne hingeschleudert wurde. Erneut prallte er auf und rollte dann hüpfend und springend wie ein Stein in die Tiefe.

In den Büschen oberhalb rappelte sich Karel Alda hoch und glitt eilig die wenigen Meter zu der Stelle hinunter, wo der Felspfad seinen Anfang nahm. Er erreichte den Rand gerade noch rechtzeitig, um zu sehen, wie der Körper, so schlaff wie eine ausgestopfte Puppe, auf den Steinhaufen der Geröllhalde unterhalb aufschlug. Eine plötzliche Zuckung durchfuhr den Berg aus Fels und Geröll. Mit einem plötzlichen Tosen dann löste sich die ganze zuckende Steinmasse und stürzte in einer donnernden Flut talwärts, den leblosen Körper mit sich reißend, eine Wolke bleichen Staubes hinterlassend.

11

Vom nördlichen Gipfel herunter eilte mit behenden, geschickten Bewegungen seines stämmigen Körpers Ondrejow. Das Gewehr schlug ihm immer wieder hart gegen die Hüften, während er rannte. Dicht auf seinen Fersen folgte Miroslav Zachar in seiner ledernen Motorradjacke, und dahinter kamen zwei junge Polizeibeamte in Uniform. Sie hetzten zur Hütte hinunter, wo Dominic noch immer benommen und fassungslos ins Tal hinunterstarrte, aus dem eine dicke, erstickende Staubwolke aufstieg, während das letzte Grollen des Donners noch in der Luft widerhallte.

Ondrejow riß ihn an den Schultern herum, untersuchte ihn auf Verletzungen und fand nichts als eine aufgerissene Wange.

»Ein Glück für Sie beide«, rief er dröhnend, während er Dominic in seiner Erleichterung einen harten Schlag aufs Gesäß versetzte, »daß ich mit dem Gewehr noch umzugehen weiß. Und ein Glück für Sie, junger Mann, daß ich Mirek auf Sie angesetzt hatte. Er hat unten auf Sie gewartet, aber Sie kamen nicht. Er mußte ganz schön suchen, ehe er den Wagen fand, und ich bekam einen netten Schrecken, als er mich anrief, um mir das mitzuteilen. Wenn ihr jungen Leute doch nur tun würdet, was man euch sagt! Ihretwegen hatte ich an der ganzen Straße Posten aufgestellt, aber wir mußten dann schleunigst umorganisieren. Und ein Glück war es auch, daß der erste Schuß uns sagte, wo wir nach Ihnen zu suchen hatten. Alles in Ordnung?«

»Ja. Danke. Alles in Ordnung«, antwortete Dominic. »Aber Mr. Alda –«, stammelte er. »Mr. Veselsky, meine ich –«

»Mr. Veselsky ist auf dem Weg hierher. Da, sehen Sie! So springlebendig wie seine Ziegen. Sieht er vielleicht verletzt aus? *Nie*, es ist ja nur ein Schuß gefallen – meiner.«

Alda eilte in weiten Sprüngen den Hang herunter. Sie sahen, daß er ein Gewehr in der Hand hielt.

»Gut«, meinte Ondrejow. »Die Waffe wenigstens haben wir, wenn wir schon den Täter nicht haben.« Er legte Dominic den Arm um die Schultern und drehte ihn herum. »Kommen Sie, gehen wir hinunter. Sehen wir nach, was wir da haben.«

Wildnis und Chaos trafen sie unten an. Schweigend sammelten sie sich in der Hütte der Mulde und gingen dann an den ausgefransten Rändern einer Steinwüste entlang, durch Schleier beißenden Staubs hindurch, der sich in dicker Schicht auf jeden Grashalm zwischen den Felsen senkte, bis kein Grün mehr zu sehen war. Irgendwo unter diesen aufeinandergetürmten Gesteinsmassen lag der Mörder Robert Wellands begraben.

»Wir werden ihn kaum identifizieren können«, meinte Ondrejow grimmig, »aber wir werden ihn wohl ausgraben müssen. Ohne Maschinen geht das nicht. Sie haben ihn wohl nicht zufällig erkennen können?«

»Nein. Ich sah nur seinen Sturz.«

»Und wir hatten keine Feldstecher bei uns. Auch kein Zielfernrohr. Unsere besten Schützen überwachten die Straße.« Ondrejow nickte düster und blickte auf das Gewehr in seiner Hand. »Dafür hatte er ein Zielfernrohr. Ein Zbrojovka Brno natürlich. ZKM 581 Kleinkalibergewehr. Automatisch. Leicht zu tragen, leicht zu verbergen, praktisch jeder hier in der Gegend hat so eine Waffe. Das sagt uns also gar nichts, solange wir nicht festgestellt haben, wer sich den Waffenschein geholt hat, um es zu erwerben.« Er schüttelte sich wie ein alter Hund und wandte sich hustend dem Pfad zu, der bergabwärts führte. »Gehen wir. Hier kann man ja kaum atmen. Wir werden das Rätsel in Pavol lösen.«

»Dann wissen wir also immer noch nicht, wer er ist«, sagte Dominic, von Ondrejows starkem Arm mitgezogen.

Ondrejow zuckte die Achseln.

»Wir werden es bald wissen. Jetzt haben wir es nicht mehr eilig.«

»Eigentlich bin ich jetzt nicht im Dienst«, erklärte Ondrejow selbstzufrieden, »aber da Major Kriebel sich in Liptovsky Mikulas aufhält, um dort das Gepäck Mr. Wellands in seinem Hotel zu durchsuchen und um Erkundigungen über sein Tun und Lassen während der letzten Tage einzuholen, erlaube ich mir, ihn bis zu seiner Rückkehr zu vertreten.«

Und das tat er, und die Drähte liefen heiß. Erst die Bergungsarbeiten in Zbojská Dolina; dann natürlich pflichtschuldigst ein Anruf bei Major Kriebel, sorgfältig so formuliert, daß dieser es für seine unaufschiebbare Pflicht halten mußte, die Verwüstung im Tal zu beseitigen, ehe er nach Pavol zurückkehrte; und schließlich Anrufe in den beiden Hotels in Mikulas, wo Freeling, Blagrove und Sir Broughton Phelps abgestiegen waren, und im Hotel Slovan gegenüber, wo Paul Newcombe seine Zelte aufgeschlagen hatte. Keiner der Männer war persönlich zu erreichen, kaum verwunderlich an einem so strahlenden Augustnachmittag. Ondrejow bat also den Herren auszurichten, daß sie sich bei ihrer Rückkehr entweder telefonisch oder persönlich in seiner Dienststelle melden sollten.

Nachdem dies alles erledigt war, versammelte Ondrejow sein Ensemble zum letzten Akt. Die Mather Zwillinge aus dem Slovan Hotel, wo sie endlose und fruchtlose Palaver abgehalten hatten, Tossa aus der Zelle. Und endlich sprachen sie alle ganz offen.

Und danach redete Ondrejow.

»Als Mr. Terrell tot aufgefunden wurde«, sagte er, »war ich über die Umstände seines Todes bereits unterrichtet, nicht aber über die Hintergründe. Ich wußte daher von Beginn an, daß es sich hier nicht um einen Mordfall handelte. Doch dem Unfall hafteten gewisse merkwürdige Züge an, die mich interessierten. Und als Sie, Miss Barber, und Ihre Freundin Visa beantragten, da setzten sich die zuständigen Behörden, die über den Fall ebenfalls informiert waren, mit mir in Verbindung. Wir gaben Ihnen Mirek als Begleiter mit und warteten darauf, was folgen würde. Und noch ehe durch den Tod Mr. Wellands einiges ans Licht kam, wußte ich, daß Sie über das Verhalten Ihres Stiefvaters in den Tagen vor seinem Tod Erkundigungen einzogen. Wir wußten bereits, was er in diesen Tagen unternommen hatte, doch Ihre offensichtliche Sorge ließ die Handlungen dieser letzten Tage in einem neuen Licht erscheinen. Sie entdeckten sogar verschiedenes, was uns nicht bekannt war. Zum Beispiel, im Hotel Sokolie – Sie erinnern sich doch an den englischsprechenden Kellner? Er war ganz konfus, der arme Mann, ganz konfus. Über das Kartenspiel und den Zettel, auf dem Ivo Martinek die Spiele aufgeschrieben hatte, hatte er sich überhaupt keine Gedanken gemacht. Erst Ihre offensichtliche Erregung, als er Ihnen davon erzählte, ließ ihn vermuten, daß dieser Punkt wichtig sein könnte.«

Frisch und strahlend saß Tossa an Dominics Seite und erwiderte Ondrejows Lächeln von ganzem Herzen. Sie war vom Verdacht befreit, und sie war von ihren Schuldgefühlen befreit. Terrell war kein Held und Patriot gewesen; er war nichts weiter gewesen als ein intriganter Ehrgeizling, der Karriere machen wollte – um jeden Preis.

»Natürlich befragte ich die Martineks über diesen Zwischenfall; so bot sich mir schon vor Mr. Wellands Tod ein neues Bild von dem Fall, der seine Ursprünge irgendwo in der Vergangenheit haben mußte. Ich wußte von Herrn Veselsky – oder soll ich ihn Herrn Alda nennen? –, ich wußte also von Herrn Alda, daß er Terrell gekannt und in England für dasselbe Unternehmen gearbeitet hatte wie er. Ich wußte dank Ihrer Nachforschungen, daß Sie argwöhnten, Terrell hätte in der Gegend von Zbojská Dolina jemanden gesucht, und ich wußte von Ivo, welche Spur er gefunden hatte. Von Welland wußte ich nur, daß auch er Terrell gekannt hatte und daß auch er mit auffälliger Hartnäckigkeit immer wieder zu dem Ort zurückkehrte, wo Terrell umgekommen war. Es lag auf der Hand, daß auch er auf der Suche war. Weiter war mir ebenso klar wie Ihnen, daß alle Spuren hier im Tal zusammenliefen und daß sie nur zu Herrn Alda führen konnten; dem Mann, der Terrell gekannt und mit ihm zusammengearbeitet hatte; dem Mann, der seinen Tod anzeigte; dem Mann, der früher in England gelebt hatte und dort eine nicht ganz unbedeutende Persönlichkeit gewesen war. Denn wir hatten natürlich auch Ermittlungen über Herrn Aldas Vergangenheit angestellt.

Sie, Miss Barber, haben freundlicherweise alle noch offenen Fragen geklärt. Ich wußte natürlich, daß Terrell nicht ermordet worden war, doch die Tatsache, daß es Leute gab – Engländer übrigens –, die einen Mord argwöhnten, machte mich neugierig. Und beim zweiten Todesfall lag dann tatsächlich ein Mord vor. Ihr Räuber- und Gendarm-Spiel war ganz plötzlich Wirklichkeit geworden. Es hatte ganz den Anschein, als gäbe es tatsächlich jemanden, der mit allen Mitteln verhindern wollte, daß Sie Herrn Alda fanden.

In einem Punkt war ich Ihnen voraus: Ich wußte, daß Herr Alda nicht der Mörder sein konnte. Wir sorgen dafür, daß er hier seine Ruhe hat, aber mit Geheimniskrämerei hat das nichts zu tun. Sein Leben ist ein offenes Buch, er hat nichts zu verbergen und nichts zu fürchten, ihm wäre es völlig gleichgültig, wieviele Engländer auftauchen, um Erkundigungen über ihn einzuholen, solange sie ihn nur nicht bei seiner Arbeit stören. Und aus eben diesem Grund, weil es um Herrn Alda keine Geheimnisse gibt, konnte auch sonst kein Tscheche oder Slowake als Täter in Frage kommen.«

Als er bei diesem Punkt angekommen war, klopfte es. Mirek stand auf und sah den Leutnant fragend an.

»Lassen Sie ihn herein«, sagte Ondrejow und rutschte noch ein wenig tiefer auf seinen Stuhl. »Mal sehen, wer der erste ist.«

Alle wandten sich zur Tür hin. Mit angriffslustiger Miene, die seine innere Unruhe verbergen sollte, trat Paul Newcombe ein. Stumm blickte er von einem zum anderen, spürte die Erregung, die sie alle gefangenhielt, war erschreckt, sah Tossas strahlendes Gesicht und war beruhigt. Unsicher blieb er stehen.

»Sie hinterließen im Hotel eine Nachricht für mich. Ich habe nur einen Spaziergang gemacht.«

»Treten Sie ein, Mr. Newcombe. Mirek, holen Sie Mr.

Newcombe einen Stuhl. Sie kommen gerade zur rechten Zeit«, fuhr Ondrejow liebenswürdig fort, »um meine Schlußfolgerung zu hören. Der einzige, der überhaupt ein Interesse daran haben konnte, die Entdeckung Herrn Aldas zu verhindern, mußte jemand sein, der sich an dem Kesseltreiben, das ihn veranlaßte, England zu verlassen, beteiligt hatte, jemand, der aus Aldas Sturz Nutzen zog und dem eine Wiederaufnahme des Falles geschadet hätte. Kurz, es mußte ein Engländer sein.«

»Ich weiß überhaupt nichts über diese Geschichte«, verkündete Paul laut und aggressiv. »Ich bin nur wegen Tossa aus Wien gekommen. Aber ich kann über jede Minute meines Aufenthalts in diesem Land Rechenschaft ablegen.«

»Das brauchen Sie gar nicht, Mr. Newcombe. Nehmen Sie doch Platz. Als Verdächtiger kamen Sie für mich sowieso kaum in Frage. Wenn Terrell tatsächlich ermordet worden wäre, dann hätte ich mir vielleicht Gedanken gemacht ... Aber Ihre Anwesenheit hier ist ein ausreichendes Alibi«, erklärte Ondrejow und grinste vergnügt.

»Kommen wir noch einmal auf Mr. Welland zurück«, nahm Ondrejow den Faden wieder auf. »Miss Barber habe ich es zu verdanken, daß ich mittlerweile recht eingehend über ihn informiert bin. Wir wissen, daß er das Marrion Research Institute aufsuchte und den Vorschlag machte, daß er – da er sich an Ort und Stelle fand – Nachforschungen über Terrells Tod anstellte, da er überzeugt war, daß hier ein Mord verübt worden war. Er vertrat die Ansicht, dies sei man dem Toten und der Gerechtigkeit schuldig. Ich frage Sie – wie hätten die leitenden Herren soviel ehrenhaften Eifer bremsen sollen? Sie konnten es nicht. Es scheint, daß er so und so fest entschlossen war, sich nicht von seinem Kreuzzug abbringen zu lassen. Alles spricht dafür, daß Mr. Welland ein guter, gewissenhafter und ehrlicher Mann war. Und was folgt daraus? Er wäre auf jeden Fall ausgezogen, die Wahrheit zu entdecken. Und ich glaube, er hätte die Wahrheit auch publik gemacht, ganz gleich, wie sie ausgesehen hätte. Und das hätte unserem Mann natürlich ganz und gar nicht gepaßt, denn er allein wußte, was es da zu entdecken gab.«

»Ich hoffe«, bemerkte Alda trocken, »Ihre Erklärungen werden Hand und Fuß haben. Ich persönlich tappe nämlich noch immer völlig im dunklen.«

»Warten Sie ab, ich werde Ihnen gleich meine Theorie entwickeln. Ich bin überzeugt, daß sie zutreffend ist, denn was Miss Barber mir inzwischen berichtet hat, stimmt mit ihr überein.

Mr. X, der Mann, um den es hier geht, sieht sich also unerwartet einem loyalen Verfechter von Recht und Gerechtigkeit gegenüber, der entschlossen ist, der Wahrheit auf den Grund zu gehen, der auf gütliche Art und Weise von seinem Vorhaben nicht abzubringen ist und der leider durch ein Verbot nicht davon abgebracht werden kann. Was ist da zu tun? Man bedient sich seiner. Man wartet, bis er Alda gefunden hat, und dann kann man sowohl ihn als auch Alda ausschalten, und die Sache ist erledigt. Sollte er ruhig Alda ausfindig machen; sichergestellt werden mußte lediglich, daß er seine Entdeckung einzig und allein an die richtige Person meldete. Ich gelangte zu der Ansicht, daß X über das Gespräch im Institut unterrichtet gewesen sein mußte, ja, daß er in der Lage gewesen sein mußte, Welland in bezug auf den Fall Anweisungen zu geben, zu sagen. ›Sie werden absolutes Stillschweigen bewahren und nur mir Mitteilung machen‹, und sich darauf verlassen zu können, daß Welland gehorchen würde. ›Nationale Sicherheit‹ ist ein so nützliches

Wort, hinter dem sich persönliche Niederträchtigkeit verbergen läßt.

Betrachten wir noch einmal die letzten Worte, die Mr. Welland vor seinem Tod zu Miss Barber sagte. ›Er kann es nicht gewußt haben ...‹ Er? Es liegt auf der Hand, daß er an Herrn Alda dachte, den Überläufer, der an einem streng geheimen Projekt arbeitete. ›– keiner sonst wußte es ...‹ Keiner außer jenem oder jenen, denen er bereits Meldung gemacht hatte, jenen, die ein Recht hatten, Bescheid zu wissen. Das hat er sich selbst gesagt, und dann begriff er, was es bedeutete, und rief: ›Unmöglich!‹ Unmöglich, daß sein Auftraggeber auch sein Mörder sein sollte. Doch er wußte, daß es nicht unmöglich, daß es die Wahrheit war. Soweit meine Theorie. Und wenn sie zutraf, dann waren sowohl Miss Barber als auch Mr. Felse nach dem gelungenen Anschlag auf Mr. Welland in Gefahr, weil sie zugegen gewesen waren, weil Welland ihnen etwas anvertraut haben konnte. Zum Glück ermöglichten es mir die Umstände, Miss Barber in Sicherheit zu bringen, indem ich sie unter Mordverdacht in Haft nahm. Sie hätten mir die Dinge wesentlich erschwert, wenn Sie gleich zu Anfang die Wahrheit gesagt hätten, aber zum Glück taten Sie das nicht. Und dies wiederum gab mir Gelegenheit, die Britische Botschaft zu informieren, daß sie unter Arrest stand. Sie werden verstehen können, daß ich neugierig war, wer hier erscheinen würde, um sie –«

Diesmal war es kein Klopfen, sondern eine ziemlich schrille, gebieterische Stimme im Vorzimmer, die Ondrejow unterbrach. Die Worte waren Englisch.

»Noch einen Stuhl, Mirek«, befahl Ondrejow und rieb sich die Hände. »Ah, Herr Rechtsanwalt. Kommen Sie herein. Sie haben also meine Nachricht erhalten?«

Charles Freeling schloß mit abgezirkelter Bewegung die Tür hinter sich.

»Ich wäre schon früher gekommen, aber ich hatte einige Mühe, einen Wagen zu mieten. Ich dachte, es wäre am besten, wenn ich persönlich vorbeikäme. Darf ich annehmen, daß der Fall jetzt bereinigt und Miss Barber auf freiem Fuß ist? Oder beabsichtigen Sie, sie unter Anklage zu stellen?«

Er pflanzte sich gewichtig neben Tossa auf und legte ihr beruhigend die Hand auf die Schulter. Sie merkte es nicht einmal. Sie hielt fest Dominics Hand, während ihre Augen verwundert und voller Erleichterung auf Ondrejow gerichtet waren.

»Nein, sie wird nicht unter Anklage gestellt werden, Mr. Freeling. Ich bin eben dabei, im Verfahren der Aussonderung den Mörder von Mr. Welland zu bestimmen. Ich hoffe, Sie werden sich den Schluß meiner Ausführungen mitanhören.«

Freeling hob die Brauen und lächelte ironisch.

»Da kann ich nur hoffen, Leutnant, daß nicht ich bleibe.«

»Keine Sorge, Herr Rechtsanwalt«, erwiderte Ondrejow ernst, ohne sich von Freelings spöttischer Miene stören zu lassen. »Der Mann, der den Mord verübt hat, ist tot. Nun, wie Sie wissen, eilten Miss Barber gleich vier edle Ritter zu Hilfe. Und jeder von ihnen brachte triftige Gründe dafür vor, weshalb ich Miss Barber seiner persönlichen Obhut überlassen sollte. Dazu ließ ich mich selbstverständlich nicht überreden, denn zu der Zeit war ich bereits überzeugt davon, daß einer von ihnen ihr nach dem Leben trachtete. Ich ließ dem Täter jedoch Gelegenheit, Mr. Felse aufs Korn zu nehmen, selbstverständlich nicht, ohne zuvor alle erdenklichen Sicherheitsvorkehrungen zu treffen.

Inzwischen sind aus vier Verdächtigen zwei geworden. Motive haben sich herauskristallisiert. Beide Männer profitierten davon, wenn sie sicherstellten, daß Herr Alda weiterhin in Ungnade blieb. Der eine von ihnen hat, wie ich erfahren habe, Terrell bei der Zusammenstellung des berüchtigten Dossiers geholfen, wurde für seine Arbeit mit einer Beförderung belohnt und hat inzwischen Terrells Posten übernommen. Der andere wurde Leiter des Marrion Institute, was er wahrscheinlich nie geworden wäre, wenn Herr Alda nicht zum Verräter abgestempelt worden wäre.«

»Das reicht nicht«, erklärte Alda plötzlich mit Bestimmtheit. »Keines der beiden Motive reicht für einen Mord aus. Ein Mann, der seine Karriere oder seinen guten Ruf retten will, würde vielleicht einen so verzweifelten Schritt wagen. Doch wenn ich jetzt zurückkehren würde, wenn ich mich rechtfertigen könnte, dann würde trotzdem keiner der beiden Männer seine Stellung verlieren. Selbst wenn sie an der Zusammenstellung des Dossieres beteiligt waren, brauchten sie lediglich klaren Kopf zu behalten und zu behaupten, daß sie in gutem Glauben gehandelt hätten. Keiner von beiden würde deswegen seines Postens enthoben werden. Glauben Sie mir, ich kenne meine Pappenheimer. Man würde die beiden Herren decken, soweit wie möglich. Ich würde meinen guten Namen ein wenig angeschmutzt wieder zurückerhalten, aber sie würden den ihren nicht verlieren.«

»Hm«, Ondrejow rieb sich nachdenklich das struppige Kinn. »Dann muß also mehr dahinter stecken.«

Dominic sah Tossa an und schloß seine Finger fester um die ihren.

»Tossa, weißt du noch, du hast uns doch erzählt, daß Arbeitsunterlagen verschwunden sind?« Diese Einzelheit hatte sie zu erwähnen vergessen, als sie eine Stunde zuvor voller Eifer Ondrejow berichtet hatte. »Erzähle das einmal. Was Welland dir darüber sagte.«

Seine Erregung teilte sich ihr mit, ohne daß sie ihren Grund begriff. Hastig wandte sie sich Alda zu.

»Mr. Welland sagte, im Marrion Institute hätte man ihm erzählt, daß Sie alle Ihre Arbeitspapiere mitgenommen hätten, die einen ungeheuren Wert besessen hätten und –«

»Meine Arbeitspapiere?« echote Alda überrascht. »Aber ich hatte doch gar nicht die Absicht, England zu verlassen. Ich fuhr mit meinem Rucksack in Urlaub, und als ich nach Briançon hinunterkam, stellte ich fest, daß man mich bereits zum Verräter abgestempelt hatte. Ich habe nichts mitgenommen, nur ein paar Kleidungstücke, Notenpapier und etwas Geld.«

»Aber Sie arbeiteten an neuen Projekten?« fragte Dominic gespannt. »Sie befaßten sich mit neuen Erfindungen, die sich hätten verwirklichen lassen und sehr viel Geld wert gewesen wären? Sie hatten die Unterlagen im Institut?«

»Oh ja, ich arbeitete an verschiedenen Dingen. Einige hätten sich vielleicht nicht durchführen lassen, die Mehrzahl wäre wahrscheinlich zu verwirklichen gewesen. Aber ich gebe Ihnen mein Wort, daß ich alles zurückgelassen habe.«

»Aber Mr. Welland sagte mir«, erklärte Tossa, »daß ihm im Institut berichtet wurde, Herr Alda hätte seine Aufzeichnungen und Pläne mitgenommen. Er sagte nicht, wer von den beiden Männern ihm das erzählte. Er sagte, niemand wüßte davon, nur das Institut und das Ministerium.«

»Und erinnern Sie sich«, wandte sich Dominic eifrig an Alda, »oben in Ihrer Hütte haben Sie mir doch erzählt, daß eine Ihrer Erfindungen von einem französischen Unternehmen auf den Markt gebracht worden ist. Wie viele Jahre

Arbeit hätte man gebraucht, um die Erfindung bis zur Produktionsfähigkeit zu entwickeln?«

»Drei, vielleicht vier ohne mich. Aber ich bin überzeugt, daß dieser neuen Maschine nicht meine Aufzeichnungen zugrunde liegen. Es ist einfach zufällig jemand auf die gleiche Idee gekommen. Weshalb sollte meine Erfindung in Frankreich auf den Markt gebracht werden?«

»Weil es sicherer war, sie nach Frankreich zu verkaufen als nach England«, versetzte Dominic. »Und wissen Sie denn überhaupt, ob es die einzige Ihrer Erfindungen ist, die auf diese Weise zu Geld gemacht wurde?«

»Nein«, gestand Alda. »Woher sollte ich das wissen? Aber es ist mir auch gleichgültig. Mir ist es lieber, meine Erfindungen werden auf friedliche Weise eingesetzt, als daß sie in den Archiven des Instituts herumliegen, bis sich ein militärischer Verwendungszweck für sie finden läßt.«

»Und wie viele solcher entwicklungsfähiger Projekte enthielten Ihre Unterlagen?« fragte Ondrejow.

»Ich erinnere mich kaum mehr. Vielleicht neun oder zehn, die sich bereits in einer vorgerückten Entwicklungsphase befanden. Einige weitere, die nur in Skizzen und ersten grundlegenden Berechnungen vorhanden waren.«

»Ein Vermögen!« stellte Ondrejow fest und lehnte sich mit einem befriedigten Aufatmen zurück. »Ist das jetzt ein ausreichendes Motiv? Zu verhindern, daß der geistige Diebstahl entdeckt wurde? Hätten die Männer ihre Stellungen behalten, wenn er ans Licht gekommen wäre? Oder ihren guten Namen? Jeder von beiden kann der Dieb sein. Sie waren weg, die Papiere lagen da. Es muß ein leichtes gewesen sein zu erklären, seht, er hatte seine Flucht geplant, er hat alle seine Unterlagen mitgenommen. Wer hätte daran gezweifelt? Wer hätte auch nur eine Frage gestellt? Jeder –«

Das Klopfen an der Tür und das Läuten des Telefons erklangen im selben Moment.

»Herein«, rief Ondrejow und griff nach dem Hörer. »Ondrejow! *No, íslo to! Dobre, dobre!«*

Den Hörer ans Ohr gedrückt richtete er seine klaren blauen Augen gespannt auf die Tür. Adrian Blagrove trat ein, Argwohn in dem langen Gesicht, Skepsis in den hochmütigen Augen.

»D'akujem, už to viem«, sagte Ondrejow in den Hörer. *»Viem, kto to je.«* Er legte auf. »Ich weiß es«, wiederholte er in Englisch wie zu sich selbst. »Ich weiß jetzt, wer er ist.«

Er schob das Telefon mit einer müden Bewegung von sich weg.

»Sie haben den Wagen aus Preßburg gefunden, ein Stück oberhalb der Stelle, wo Sie Ihren Bus versteckt hatten, Mr. Felse, aber besser verborgen. Er hatte mehr Anlaß, sich zu verstecken. Und oben in der Mulde hat man auch Sir Broughton Phelps gefunden.«

12

Die Strahlen der Abendsonne tauchten den Raum in warmes, goldenes Licht. Es war still geworden, nachdem Karel Alda die jungen Leute mit einer Bestimmtheit, die keinen Widerspruch duldete, mitgenommen hatte, um sie auf den Hof seiner Großmutter zu bringen; nachdem Paul Newcombe sich zurückgezogen hatte, um sich um die Vorbereitungen für seine Rückreise nach Wien zu kümmern; nachdem der junge Wachtmeister ins Vorzimmer verschwunden war, um seine Notizen ins reine zu schreiben; nachdem

Mirek Zachar sich auf seine Jawa geschwungen hatte und nach Hause gebraust war, froh, daß er endlich dienstfrei war.

»Leutnant«, begann Charles Freeling sehr vorsichtig und ernst, als die drei Männer allein waren, »im Namen meiner Botschaft möchte ich Ihnen unseren Dank dafür ausdrükken, daß Sie diesen jungen Leuten mit soviel Güte und Fürsorge begegnet sind, und unsere Bewunderung darüber, wie geschickt Sie diese äußerst schwierige Angelegenheit gehandhabt haben. Ich brauche Ihnen nicht zu sagen, was für ein großer Schock es für uns war. Es versteht sich von selbst, daß mein Land alles tun wird, um das Unrecht gutzumachen, das Herrn Alda widerfahren ist. Es scheint jedoch, daß ihm nichts daran liegt, seinen Fall erneut ins Rampenlicht gerückt zu sehen. Dafür bin ich dankbar. Keiner von uns ist sein eigener Herr, und die absolute Gerechtigkeit ist ein Luxus, den wir uns nicht immer leisten können. Hätte es zu einer Zeit, da die technische und kulturelle Zusammenarbeit unserer Länder solche Fortschritte macht, Sinn, alte Reibereien wieder aufleben zu lassen, um neue Zweifel zu säen? Wir müssen eingestehen, daß wir Unrecht getan haben. Aber da der Mann tot ist –«

Innerhalb einer Stunde war aus Sir Broughton Phelps ›der Mann‹ geworden, ein unbequemer Störenfried, dem man keine Achtung mehr schuldete.

»Meine Herren«, sagte Ondrejow und breitete seine Arme mit einem tiefen Seufzer auf dem Schreibtisch aus. »Ich bin nur ein einfacher Polizeibeamter, der seine Pflicht tut. Ich werde Major Kriebel Bericht erstatten und Major Kriebel wiederum wird den zuständigen Stellen Meldung erstatten. Danach haben wir nichts mehr mit dem Fall zu tun. Aber ich glaube, Sie brauchen sich keine allzu großen Sorgen zu machen. Unsere Presse neigt nicht zu blutrünstigen Sensationsberichten über Kapitalverbrechen. Es wird keine Anklage erhoben werden, es wird kein Prozeß stattfinden. Wie Sie sagten, der Mann ist tot.«

Freeling sah Blagrove an, und Blagrove sah Freeling an, und sie waren beruhigt.

»Und was Sie in England berichten oder veröffentlichen, vorausgesetzt, Sie fügen Herrn Alda nicht weiteres Unrecht zu, das ist nicht meine Sache. ›Sir Broughton Phelps verunglückt tödlich bei einem Erdrutsch in der Tatra!‹ Mir ist es gleich«, erklärte er gelassen, »ob Sie hinzufügen wollen, daß er eine Kugel im Kopf hatte, ehe er abstürzte. England ist *Ihr* Haus«, meinte Ondrejow, »*Sie* müssen es in Ordnung halten.«